# LE PRÉSIDENT
# SE TAIT

## DU MÊME AUTEUR

LE PÈRE ET L'ENFANT SE PORTENT BIEN, *nouvelles*, JC Lattès, 2003.

ROBERT BADINTER, L'ÉPREUVE DE LA JUSTICE, *biographie*, Éditions du Toucan, 2009.

IMMORTEL, ENFIN, *roman*, Grasset, 2012 (prix Mac Orlan 2012 et prix des Deux-Magots 2013).

CE SONT DES CHOSES QUI ARRIVENT, *roman*, Grasset, 2014. (Prix Révélation de la SGDL, prix Mémoire Albert Cohen).

LE DÉJEUNER DES BARRICADES, *roman*, Grasset, 2017.

PAUL MORAND, *biographie*, Gallimard, 2020 (prix Goncourt de la biographie 2021, Grand Prix de la biographie de l'Académie française, 2021.)

N° 5, ANATOMIE D'UN MYTHE, ARCHITECTURE D'UNE LÉGENDE, La Martinière, 2021.

PAULINE DREYFUS

# LE PRÉSIDENT SE TAIT

*roman*

BERNARD GRASSET
PARIS

ISBN : 978-2-246-82578-4

Aux bavards

*« Au commencement était le Verbe. »*

Évangile selon saint Jean

## AVERTISSEMENT

Si les événements évoqués dans ce roman peuvent rappeler certaines péripéties de la vie politique française survenues au siècle dernier, tous les personnages qui le peuplent ne doivent leur existence qu'à l'imagination de l'auteur.

# 1

## *L'immigrée portugaise*

mardi 9 octobre 1979

L'inconvénient du jour d'avant, celui où pour quelques heures encore l'air est léger, les esprits optimistes, la vie insouciante, celui dont on est certain qu'il sera suivi d'un autre tout aussi glorieux et tranquille, c'est que personne ne sait le reconnaître. Sinon, on savourerait chaque instant de ce jour-là, pour reculer le moment inévitable où il faudra bien admettre que le succès est éphémère, le bonheur fragile et l'amour volage ; et qu'il suffit de pas grand-chose pour faire bifurquer un destin.

Dans les salons de l'ambassade du Portugal à Paris, une longue file d'invités faisait la queue pour saluer le Président français et son homologue portugais en visite officielle. Un plateau à la main, Infancia avait sous les yeux le chef de l'État de son pays natal et celui de son pays d'adoption. Lorsque son beau-frère, Alvaro, qui travaillait dans les cuisines de l'ambassade, lui avait demandé de venir donner un coup de main ce soir, parce que, au vu du nombre d'invités le personnel permanent ne serait pas suffisant, elle n'avait pas hésité.

De toute façon, elle avait besoin d'argent : elle s'était juré d'offrir un poste de télévision à ses enfants avant Noël.

Elle avait beau avoir été mise en garde par le maître d'hôtel en chef, *Ne regarde jamais les invités, tes yeux doivent rester fixés sur ton plateau, rien dans ton visage ne doit leur donner l'impression que tu es indiscrète ou insolente,* Infancia observait tout.

Les tapis étouffaient la molle bousculade des escarpins vernis et des cravates Hermès, les chuchotements par-dessus l'épaule, les râles impatients des invités privés de buffet tant que l'obstacle protocolaire ne serait pas franchi. Ils trépignaient dans le calme. En dépit de l'attente – *mais pourquoi ce militaire parle-t-il si longtemps au Président ? Il exagère, tout de même !* – il régnait une délicieuse atmosphère d'entre-soi, ponctuée de clins d'œil, d'exclamations ravies, de *vous ici quelle bonne surprise*, de promesses de conversations imminentes, de *retrouvons-nous au buffet dans un instant, j'ai mille choses à vous dire.* On était dans un de ces mois de demi-saison trompeurs, qui rend incertain le choix de sa tenue ; l'après-midi de ce 9 octobre 1979, il avait fait plus de vingt degrés à Paris, comme si l'été ne se décidait pas à changer d'hémisphère, et les femmes, au moment de s'habiller, avaient sorti de leur penderie des robes de soie légères, colorées, décolletées, comme s'il s'était agi de se rendre à une garden-party.

Le défilé était interminable. Le président portugais ne regardait même plus les jolies femmes, se dandinait, soupirait dans le vide. Les plateaux chargés de verres que portaient les maîtres d'hôtel lui évoquaient le supplice de Tantale (bien que militaire de formation, il avait un peu lu dans sa jeunesse). Derrière lui, l'interprète était au chômage. Il y eut des échanges de regards éloquents. L'ambassadeur murmura quelques mots à son consul, qui lui-même s'adressa à un militaire au panache rouge. On fit signe aux retardataires que le défilé était terminé.

Dispersés dans les salons de l'ambassade, les invités échangeaient des bribes de conversations, phrases interrompues par l'arrivée d'un tiers, l'urgence d'aller au buffet remplir une coupe vide, la vision d'une vieille connaissance qu'il ne fallait pas rater. Le manège des bustes donnait le tournis aux maîtres d'hôtel. Une seconde, pile, la seconde d'après, face. Ils se tournaient le dos pour un rien, une distraction, une tête connue, un petit four à attraper au vol. Infancia, dont les journées se passaient à manier serpillières, chiffons et éponges, agenouillée sur des carrelages rétifs ou rivée à une chaise pour repriser des chemises et des bas, évoluait avec difficulté au milieu de ces silhouettes fébriles dont l'agilité menaçait à chaque instant l'équilibre de son plateau. Agglutinés autour du buffet, des pique-assiette dont nul ne savait pourquoi leur nom figurait encore sur les listes d'invitation profitaient de la double aubaine : un dîner économisé et la découverte d'une gastronomie exotique.

Affalées dans les rares fauteuils, des personnes âgées attendaient qu'on vienne leur adresser la parole en affichant des sourires mélancoliques. Et c'était bien la seule chose qui offensait Infancia, ternissait même un peu sa joie de circuler au milieu de cette brillante assistance : dans son pays, on vénérait les vieillards. Quiconque les apercevait, échoués sur un banc, venait leur parler, tenter de colmater le silence interminable des journées par quelques phrases chaleureuses, dont le Bon Dieu se souviendrait sûrement au moment où.

Délivré de la corvée du défilé, le Président français allait de groupe en groupe, lançant à chacun quelques mots superficiels. À son approche, les femmes frémissaient ; elles aimaient le pouvoir, plus encore lorsqu'il s'incarnait dans un homme encore jeune, dont le regard enveloppait leur silhouette, leur coiffure, leur décolleté, à la manière d'un garagiste qui détaillerait une carrosserie – en un jugement délicieusement brutal. Cet homme aimait séduire. Elles lui en savaient gré. Sinon à quoi bon avoir choisi cette robe, insisté sur ce fard à paupières, inondé leur gorge de parfum ? Infancia percevait très bien cette sorte de décharge électrique que tous les invités ressentaient lorsque sa haute silhouette s'approchait de leur groupe. Les hommes se raidissaient, les femmes priaient pour que leur rouge à lèvres ait résisté aux assauts de la coupe de champagne et que leur mascara n'ait pas coulé. La soirée ne serait pas réussie si elle ne leur offrait pas ce moment d'intimité succincte avec le Président. Moment que les invités sauraient prolonger, amplifier, magnifier les jours suivants, à l'heure du compte rendu à l'intention charitable des absents.

De temps à autre, Infancia poussait deux portes discrètes et passait déposer son plateau rempli de verres vides à l'office. À son beau-frère, elle posait des questions, curieuse d'avoir des explications sur le spectacle auquel elle assistait.

— Le Président français a l'air si jeune… Les invités font tout pour l'approcher. Entre nous, il est beaucoup plus séduisant que notre président. Je suis sûre qu'il est très populaire.

— Ce que pensent les gens, c'est difficile à savoir. Quand il a été élu, il avait l'air très moderne. Mais même les nouveautés paraissent un jour vieillottes.

Agacé de perdre son temps à philosopher un soir pareil, il revint aux urgences du moment.

— Au fait, Infancia, surveille les buveurs : ceux qui ont déjà vidé trois verres, tu ne leur proposes plus rien.

Elle rejoignit les salons, continuant à observer les allées et venues, remplissant des verres, vidant des cendriers, tentant de rendre un peu d'allure aux buffets saccagés. Le Président bavardait à présent avec un homme austère en costumes trois-pièces. Ils s'étaient isolés dans un coin du salon. L'entretien durait, les phrases fusaient, s'enroulaient, rebondissaient – ils avaient beaucoup de choses à se dire.

Infancia, revenue à la cuisine puisque les invités allaient passer à table et qu'elle n'avait pas été désignée pour les servir, demanda à Alvaro qui était cet homme si important qui avait les faveurs de l'attention présidentielle.

— C'est le directeur du *Monde*, un grand journal, lui répondit-il après avoir jeté un œil dans le salon.

— C'est bien que le Président puisse expliquer ses idées à ce monsieur, fit Infancia, sérieuse et candide. Il y aura sûrement un bel article sur lui demain dans le journal que dirige ce monsieur.

Elle se sentait pleine d'admiration pour ce Président auquel, hélas, elle ne pourrait jamais donner sa voix. Elle avait décidément bien fait de rejoindre Fernando en France avec les enfants, bien fait de gagner cet eldorado où les hommes importants causaient tranquillement entre eux le soir, bien fait de choisir la concorde au détriment du conflit.

— Les Français doivent être heureux de vivre dans un pays si paisible, ajouta-t-elle, béate.

— Je n'en suis pas si sûr. Quelquefois, trop de quiétude ennuie et certains cherchent à provoquer des incidents pour s'occuper. Tout à l'heure, j'ai entendu ce monsieur du journal parler avec un autre invité d'une façon très agitée. Ils ont répété plusieurs fois le mot « demain ». Ils se sont tus quand le Président s'est approché d'eux. Il faut croire que le Président ne peut pas tout connaître et qu'on lui cache des choses. Bonne ou mauvaise surprise, va savoir.

Cette confidence attrista Infancia. Si ce que Alvaro racontait était vrai, alors les hommes étaient bien bêtes, qui créaient des problèmes pour se distraire. Mais il exagérait, elle en était sûre.

— Tu te fais des idées ! Regarde les invités, ils n'ont vraiment pas des têtes de conspirateurs. On n'est pas au Portugal. La France est le pays le plus pacifique du monde. C'est bien pour ça que nous sommes venus ici, non ?

— Tu es trop sotte ! Retiens ce que je te dis, Infancia : les coups d'État ont bien des visages.

Déjà retournée vers les salons où l'on servait à présent le café, et où un petit groupe animé par le directeur du journal entourait le Président, Infancia s'étonnait avec ravissement que tant d'amicale simplicité ait cours dans ce lieu solennel. Elle aurait volontiers continué à observer cette scène réjouissante, mais déjà on entendait le crissement des pneus officiels sur les pavés de la cour, on percevait les piétinements impatients des invités pris en otage par l'aparté présidentiel, puisqu'en vertu d'un protocole désuet le Président devait être le dernier arrivé et le premier parti, et elle s'agitait comme un aimant autour de la haute silhouette, se faufilait entre les fauteuils, offrait du sucre en baissant les yeux, cherchait mille prétextes pour ne pas s'éloigner, puis retournait à l'office faire un compte rendu à son beau-frère, tout en remplissant sa cafetière, adressant une prière muette aux dieux de l'hospitalité pour que le Président prolonge un peu cette soirée.

— Alvaro, ils sont encore en train de parler ensemble ! Je ne crois vraiment pas que le directeur du journal ait quoi que ce soit à cacher. Sinon il ne serait pas si aimable avec le Président. Les menteurs ont un regard fuyant. Lui pas du tout. Je l'ai bien observé après ce que tu m'as raconté. Au contraire, il sourit tout le temps. Je pense que tu vois tout en noir comme d'habitude.

— Tant mieux s'ils ont des choses à se dire. Mais cela ne nous regarde pas. Tu t'intéresses à la politique, maintenant ?

— Si j'étais française, j'aurais peut-être des opinions. Mais je ne suis pas chez moi alors je ne m'en mêle pas. C'est exactement comme si j'étais invitée chez quelqu'un : je ne me permettrais pas de le critiquer. Mais si un jour quelque chose n'allait vraiment pas, je prendrais ma valise et je repartirais au Portugal.

Les invités s'étaient éclipsés peu à peu, enchantés de cette soirée. Une réussite à tous points de vue. Il aurait fallu arrêter l'horloge à cette minute précise et délicieuse. C'est à cela aussi que l'on reconnaît le jour d'avant : à la perfection d'un moment, à l'absence de fausses notes ou d'indices qui auraient pu, rétrospectivement, signaler l'imminence de la catastrophe. Avant quoi, au fait ? Avant le mégot mal éteint qui va calciner la pinède, avant la plaque de verglas qui va fracturer la jambe, avant le tocsin qui va sonner la mobilisation générale – avant quelques phrases qui courent déjà sur les rotatives. Sauf à cultiver un pessimisme noir ou à lire dans les cartes, que vouliez-vous qu'ils décèlent, dans ces chandeliers allumés, ces femmes en pâmoison, cette caricature d'une soirée diplomatique irréprochable ?

Il était plus d'une heure du matin quand Infancia avait franchi le périphérique et rejoint la rue Barbès à Ivry. À cette heure-là, aucune chance qu'elle croise l'un de ses voisins aux regards tuméfiés de reproches, qui avaient l'air de condamner en silence sa présence parmi eux. La rapatriée d'Algérie du premier ne la saluait pas. L'Auvergnat du deuxième la regardait de travers. Les Guadeloupéens du troisième murmuraient des insultes incompréhensibles en créole lorsqu'elle les croisait, comme s'ils s'adonnaient à un rite vaudou. Seul Monsieur Perrignier, le discret locataire du quatrième, celui qui ne mettait jamais les pieds au café du coin et traînait la jambe quand il montait les escaliers, lui épargnait cet ostracisme.

Dans les autobus qu'elle empruntait à longueur de journée pour courir d'un patron à l'autre, elle avait maintes fois entendu la même plainte, rabâchée, ressassée, mâchée jusqu'à plus faim : *plus d'un million.* L'expression émanait de toutes les gorges qu'elle croisait, *plus d'un million* faisait semblant de mourir au feu rouge, *plus d'un million* ressuscitait lorsqu'elle rentrait à Ivry, exténuée par une journée de douze heures dont la moitié s'était passée à effectuer des gestes répétitifs, *plus d'un million* répétaient encore les clients du café et de la boulangerie, *plus d'un million* soupiraient les mères de famille à la sortie de l'école, *plus d'un million* rageaient en silence les autres locataires du 67, ses voisins.

Infancia avait interrogé Fernando sur la signification de cette litanie. Comme d'habitude, il l'avait considérée avec mépris avant de répondre : *C'est le nombre de chômeurs dans le pays, pauvre bécasse, comment veux-tu qu'ils nous supportent ?*

De fait, dans ce quartier populaire, on ne voyait pas d'un bon œil l'arrivée des épouses de Portugais, ces femmes infatigables, courageuses, assidues, prêtes à tout pour éponger la misère, qui acceptaient chaque emploi avec allégresse et gratitude. Au café, il y en avait pour les critiquer, *ils nous prennent notre travail* murmuraient certains quand ils étaient sûrs d'être entre Français et que le troisième verre de vin avait levé les inhibitions, *c'est quand même la crise*, et de se resservir un dernier verre pour accompagner leur colère. À l'heure de descendre sa poubelle, Infancia redoutait de tomber sur l'un de ces Français ulcérés.

La vaillance d'Infancia était sans limite. Petit bout de femme qui n'atteignait même pas les un mètre soixante sous la toise lorsque ses cheveux étaient crêpés, habituée dès l'enfance aux travaux des champs, confinée à l'usine à l'âge de treize ans, se nourrissant de peu, elle n'était pas difficile tant que chaque journée garantissait un salaire.

Quand Fernando avait rejoint la France en 1974, voyageur clandestin passant d'Irun à Hendaye de nuit, à travers les fourrés et la Bidassoa, paniqué à l'idée d'être surpris par des douaniers malgré la compagnie du passeur qui lui avait coûté 4 000 escudos, autant dire une fortune, Infancia était venue le plus légalement du monde il y a six mois, profitant d'une nouvelle loi qui autorisait le regroupement familial. Bien que le Portugal fût devenu un pays démocratique après la révolution des Œillets, la crise économique y sévissait durement, aggravée par l'arrivée massive des migrants venus d'Afrique. De la France, où Fernando travaillait dans le bâtiment comme beaucoup de ses compatriotes, Infancia attendait qu'elle offre un avenir meilleur à ses enfants. Les trois petits sauraient lire et écrire et trouveraient un travail.

Dès son arrivée, elle avait déniché une place de femme de chambre dans un petit hôtel du faubourg Poissonnière. Place qu'elle avait dû quitter au bout de trois mois, ne supportant pas l'insistance de certains clients à confondre son métier avec celui des filles qu'on voyait traîner le long du boulevard. Depuis, elle faisait des ménages chez des particuliers, c'était moins risqué.

Dans ce nouveau pays, elle ne redoutait qu'une seule chose : l'arrivée de l'hiver – son premier hiver en France. Tous ses compatriotes l'avaient mise en garde : *Ce qui te manquera le plus ici, c'est la chaleur et la lumière. Le froid, le ciel gris, le brouillard, tu ne t'y habitueras jamais.* En cette nuit douce comme une nuit de fin d'été, elle avait du mal à prendre au sérieux ces avertissements.

À cette heure-ci, tout le monde devrait être couché. Sauf si Fernando a profité de son absence pour renouer avec ses habitudes. Car il lui arrivait d'avoir la nostalgie de ces années où, après douze mois de travail au noir, payé trois francs de l'heure, lui et son beau-frère avaient obtenu leur carte verte et régularisé leur situation et s'étaient installés ensemble à Ivry. L'arrivée des femmes et des enfants, qui aurait dû être une fête longtemps espérée, avait au contraire été une source de disputes sans fin. Finies les parties de cartes jusqu'à pas d'heure, finies les soirées à jouer au flipper en descendant des bières qui gonflaient leurs ventres et rougissaient leurs faces. Auparavant, il n'y avait personne pour leur faire remarquer que se coucher à trois heures du matin quand on se lève à cinq, ce n'était pas très raisonnable. Que les enfants méritaient mieux comme exemple. Et que si c'était pour finir en banals poivrots, ce n'était pas la peine d'avoir quitté le pays natal. Elles avaient toutes en tête le souvenir douloureux de pères qui avaient souvent l'alcool mauvais et des coups qui pleuvaient, parfois pour rien. Ces maris matés, enguirlandés, rabroués finissaient par se demander s'ils ne vivaient pas mieux avant. Il leur arrivait de maudire le regroupement familial. Parfois, le ton montait et les voisins râlaient parce que *c'est toujours les mêmes qui font du bruit. Ils se croient encore chez eux ou quoi ?*

Aussi Infancia, tout en montant les escaliers, guettant l'odeur de cire qui signalait l'approche de sa porte, cet ultime vestige de sa vie d'autrefois qui pouvait lui donner l'illusion, si elle fermait les yeux, qu'elle n'avait pas quitté le Portugal, adressait-elle des prières muettes à la Madone pour que son mari se trouvât dans son lit.

Il n'y était pas.

Fernando fumait une cigarette par la fenêtre ouverte et ne se retourna pas quand elle claqua la porte. Elle comprit qu'il était fâché.

Il était pareillement mutique lorsque, le soir, il endurait le dîner en famille, muré dans le regret des soirées dont il était privé. Même le match amical de l'an passé entre la France et le Portugal, où pourtant son pays avait encaissé deux buts humiliants, et après quoi il avait tellement bu qu'il avait vomi une partie de la nuit dans le lavabo, lui paraissait une fête grandiose au regard de ces tristes heures. Le silence de la cuisine n'était troué que par le bruit des cuillers à soupe raclant les derniers vermicelles en formes de lettres de l'alphabet et par celui de l'eau qui coulait dans l'évier à l'heure de la vaisselle. Les enfants, contaminés par la tristesse paternelle, n'osaient pas ouvrir la bouche. À la joie des premiers jours de retrouvailles avait succédé ce sinistre rituel vespéral, fait de frustrations et d'ennui.

C'est ainsi qu'était née dans l'esprit d'Infancia l'envie urgente de posséder un poste de télévision. Pour que le silence n'envahisse plus jamais son appartement à la tombée de la nuit ; pour que des gens lui parlent même quand son mari ne lui adressait plus la parole ; et pour que ce symbole du monde moderne soit la preuve qu'elle avait rompu définitivement avec ses origines arriérées.

Toutes les ambitions d'Infancia s'étaient cristallisées sur l'achat de ce poste de télévision. Chaque mois, elle mettait de côté un peu d'argent pour pouvoir se permettre, à la fin de l'année, cette dépense extravagante. Le napperon blanc qui serait posé sur l'appareil avait déjà été brodé avec ferveur.

En rentrant de l'ambassade, vérifiant sans cesse d'une main inquiète que les billets glissés par Alvaro n'avaient pas quitté son sac, Infancia avait compté et recompté, additionné et soustrait, et le chiffre auquel ces muettes opérations avaient abouti l'avait ravie.

Elle toussa en forçant sa voix. Sans prendre la peine d'ôter son manteau, impatiente de lui raconter sa soirée – tant il est vrai que les passions qu'on ne partage pas sont des passions tristes –, elle tenta de lui résumer les salons illuminés, les buffets, le Président français qui est un si bel homme, *mais ne sois pas jaloux je t'en supplie, tu penses bien qu'il ne m'a pas adressé la parole*, les invités qui se pressaient autour de lui, le directeur de ce grand journal qui lui avait parlé longuement et les élucubrations d'Alvaro.

Fernando, qui avait passé sa soirée entre un plat de coquillettes collantes et une cannette de bière tiède, avait fait pleurer ses enfants à force de reproches et ne parvenait pas à digérer l'élimination de son équipe de football des qualifications pour la prochaine coupe d'Europe, était décidé à économiser sa tendresse. Infancia fit une ultime tentative pour lui rendre sa bonne humeur.

— Fernando, j'ai assez !

— Assez de quoi ?

— Assez d'argent pour acheter la télévision !

— Comme ça tu vas pouvoir le voir tous les jours ou presque, ton Président ! Il paraît qu'il y passe souvent. Tu n'auras plus besoin d'aller jouer les extras dans les réceptions qu'il fréquente.

Infancia songea que, du temps où elle vivait au Portugal, elle ne connaissait même pas la tête du chef de l'État : ses parents n'achetaient jamais le journal, car ils ne savaient pas lire, et quand bien même ils l'auraient su, ils étaient convaincus qu'on n'y trouve que de mauvaises nouvelles ; quant à la télévision c'était un objet inconnu de ces êtres pauvres, paysans l'été, colporteurs de vaisselle l'hiver, dont l'ambition la plus insensée était de faire embaucher leurs enfants à l'usine. L'idée qu'un Président fût filmé par la télévision, qu'il entrât en somme dans les foyers, lui paraissait merveilleuse et presque surnaturelle.

— On m'a dit, ajouta-t-elle, que maintenant les hommes politiques font leur campagne électorale à la télévision. Même si nous n'avons pas le droit de voter, c'est intéressant de connaître leurs idées !

— Comme tu es naïve, Infancia ! Toujours prête à te faire embobiner ! Tu crois que c'est parce qu'ils sourient devant une caméra qu'ils sont plus honnêtes ? tu crois que c'est parce qu'ils sont filmés sans cravate qu'ils sont plus simples, tu crois que c'est parce qu'ils citent des dizaines de chiffres qu'ils sont plus compétents ? Télévision ou pas, ils mentent comme des arracheurs de dents.

Elle défaisait son chignon en se disant que Fernando partageait avec son frère un même pessimisme. Ces deux-là voyaient le mal partout.

— Qu'il reste chez lui, ton Président. Je n'ai aucune envie de l'entendre parler dans mon salon. Moi, je ne l'aime pas. Par sa faute, on vient d'arrêter trois copains dans ma boîte, ils vont être expulsés vers le Portugal.

Lutte contre l'immigration clandestine, politique de fermeté, qu'ils ont dit.

C'était donc ça. Réfugiée dans sa chambre, Infancia se disait que Fernando avait tort, et que les étrangers n'avaient pas à commenter la politique de leur pays d'accueil. Puis, comme elle était pragmatique, elle passa en revue la journée du lendemain, se souvint qu'elle était attendue place des Ternes à huit heures, et ferma les yeux.

Elle n'arriva pas à trouver le sommeil. Apparemment, elle n'était pas la seule. Elle entendait le voisin du dessous arpenter son parquet, comme si de mystérieux soucis le minaient. Elle se promit de l'inviter lorsqu'elle aurait enfin la télévision : peut-être qu'un match de football en compagnie de Fernando le distrairait. Après tout, il était le seul occupant de l'immeuble à ne jamais lui avoir tourné le dos. Elle ne savait rien de lui, sauf qu'il disparaissait parfois plusieurs jours d'affilée, puis rentrait à Ivry, épuisé et mutique. Des voisins vexés par son peu de convivialité se demandaient à voix basse s'il n'était pas lié au grand banditisme. Le locataire du quatrième les intimidait tant, qu'on évitait de lui poser des questions. Ils auraient été sidérés de voir

## 2

## *L'inspecteur des Renseignements généraux*

mardi 16 octobre 1979

accoudé au comptoir du café « à Jean Nicot », le même homme en imperméable beige, le crâne rasé de près et la joue balafrée, occupé à déchiffrer les petits caractères de la rubrique « Relations » du *Nouvel Observateur*.

Il sortit un feutre rouge de sa poche et entoura l'annonce qui disait *JF 37a cél. Charme, humour, ét sup, cherche équivalent pour mariage et +.*

De l'autre côté du comptoir, la patronne l'observait.

— Alors on cherche toujours l'amour, Monsieur Roger ?

— Je ne désespère pas.

— Vous avez bien raison, lui répondit Agnès, qui regrettait que dans le monde moderne on fût obligé de trouver sa moitié en lisant les petites annonces d'un magazine. Son Sylvain, elle l'avait rencontré comme tout le monde, c'est-à-dire au bal, en l'occurrence celui du 14 Juillet d'Entraygues-sur-Truyère. Ils étaient originaires de villages tout proches. Ils avaient dansé trois fois ensemble, s'étaient mariés six mois plus tard. Les débuts dans le métier avaient été laborieux, le découragement guettait à chaque fin de saison ; mais ils avaient fait du bar-tabac-épicerie d'Espalion le commerce le plus dynamique du canton. Il y a quinze ans, ils étaient parvenus, à force d'économies, à quitter l'Aveyron pour reprendre ce petit café de la rue Saint-Honoré, « au numéro 173, à deux pas du Palais-Royal », forçant l'admiration de leurs familles respectives, qui n'avaient pas idée de la géographie parisienne mais étaient épatés par cette proximité, ayant soudain oublié que la France était une République depuis belle lurette.

Agnès, faisant fi de ses préjugés, s'efforçait de participer à la quête de Monsieur Roger.

— Trente-sept ans, c'est plus très jeune, il faut qu'elle se dépêche si elle veut avoir des enfants. Mais j'aime bien « mariage et + », ça veut dire qu'elle met du sentiment dans son annonce. C'est important, le sentiment.

Cette constatation d'importance fut accueillie par un silence poli.

— Mais peut-être que vous ne voulez pas de marmots, poursuivit-elle, espérant des confidences qui ne venaient pas.

Monsieur Roger poursuivait sa lecture, biffait des colonnes entières, relisait parfois une annonce à plusieurs reprises.

— À l'occasion, continua-t-elle, vous me donnerez votre date de naissance et je vous ferai votre thème astral. C'est important, de connaître les signes compatibles avec le vôtre. Regardez-moi : je suis Poissons et je ne m'entends bien qu'avec les autres natifs des signes d'eau. Sylvain aurait été Lion ou Verseau, ça n'aurait pas collé.

La lecture de Monsieur Roger s'interrompait pourtant à l'arrivée de chaque nouveau client. Ses yeux patrouillaient le long des banquettes en skaï framboise – ce qui n'était pas difficile, vu l'étroitesse du lieu. Parfois, il semblait tendre l'oreille pour attraper quelques bribes de conversation. Son buste effectuait d'étranges rotations, qui donnaient à Agnès le mal de mer. Si elle n'avait pas été intimidée de ne le connaître que depuis la semaine précédente (il venait tous les matins depuis cinq jours, pas un buveur, café serré au comptoir, deux parfois, aucun problème au moment de payer l'addition, pas un chômeur ni un type à problèmes, elle en était sûre), elle lui aurait volontiers conseillé de se tenir mieux, au cas où la-femme-de-sa-vie entrerait dans la salle et tirerait une impression négative de cette posture. Agnès, quoique sentimentale, était pragmatique : quelqu'un qui cherche l'amour doit mettre toutes les chances de son côté. Car la patronne s'était prise de tendresse pour ce nouveau client.

De cet homme entre deux âges, au crâne ras, au visage glabre, à la veste boutonnée, qui passait des heures plongé dans les annonces de rencontres, elle s'était fait l'idée d'un ancien militaire, retraité vu le temps qu'il passait à son comptoir, veuf sans doute, et décidé à se recaser. Elle n'était pas si loin de la vérité.

Militaire, Monsieur Roger l'avait été à l'époque où des Français se battaient contre d'autres Français qui ne voulaient plus l'être. Il en avait gardé une raideur de la jambe – éclats d'obus, 2 octobre 1959, une attaque surprise dans le djebel Tsameur – et une nostalgie tenace.

Quant à l'amour, c'était une couverture.

À Jean-Nicot, sous les néons en forme de volutes de fumée qui rendaient hommage à celui qui avait importé et donné son nom à la nicotine, planté des heures durant devant les pages du *Nouvel Observateur*, buvant son café jusqu'à la dernière goutte, Monsieur Roger ne faisait que son métier, qui consistait à renseigner le gouvernement sur tout mouvement pouvant porter atteinte à la sûreté de l'État. Dans la vie, Monsieur Roger était inspecteur des Renseignements généraux. Et le ministère pour lequel il travaillait était en émoi depuis que, le 10 octobre, *Le Canard enchaîné* avait publié un article virulent intitulé « Quand le Président empochait les diamants de Bokassa », article suivi par une double page dans *Le Monde* de l'après-midi même. Sous un titre grandiloquent, « La vérité et l'honneur », l'éditorial de Jacques Fauvet affirmait que « la seule mise au point possible consisterait à annoncer que ce royal cadeau a été retourné à l'envoyeur ». On parlait de sommes faramineuses : trente carats, un million de francs. S'il n'y aurait eu que le journal satirique, personne n'aurait réagi : venant de ces jeunes chevelus et révoltés, ce genre de papier n'avait rien de surprenant. La basse presse, pensait le ministre (et donc Monsieur Roger et ses collègues), avait ceci de commun avec la pègre qu'elle ne touchait qu'un public d'un genre particulier. Qu'ils s'amusent à imprimer des sornettes, c'est leur problème et celui de leurs lecteurs. Mais *Le Monde* ! Ce journal objectif, prudent, soi-disant sérieux ! La référence dans la profession ! Ce fleuron de la presse qui avait pignon sur rue et diffusait jour après jour un état d'esprit, définissait un climat, faisait office de boussole !

Si on s'attendait à cela.

On racontait que les lustres à pampilles du Palais avaient longtemps tintinnabulé après que le Président eut terminé son coup de fil ulcéré au directeur du journal, un homme avec lequel il bavardait encore, la veille au soir, le plus courtoisement du monde, dans les salons de l'ambassade du Portugal – ce qui était peu probable, car il n'était pas homme à perdre ses nerfs. On disait aussi que toute la journée, le chef de l'État avait répété à qui voulait l'entendre que plus jamais de sa vie il ne lirait ce torchon – ce qui en revanche était vrai, puisqu'il fut par la suite fidèle à ce serment puéril.

Il n'était pourtant pas question que l'émoi se sache. Le porte-parole du Palais, interrogé, avait rétorqué que le Conseil des ministres, *où l'on ne traitait que des affaires sérieuses*, n'avait pas cru bon d'évoquer le sujet. À ces accusations, le Président répondait désormais par un silence offensé.

Affaires sérieuses ou pas, on s'agitait en haut lieu. Silence ne signifie pas indifférence.

Si Monsieur Roger lisait les annonces du *Nouvel Observateur* et devisait astrologie avec Agnès, c'est que le bar se trouvait situé juste en dessous des bureaux du *Canard enchaîné*. Il était là en service commandé. Sa présence résultait d'un enchaînement de colères et d'une accumulation de curiosités. *Qu'est-ce qu'ils vont encore sortir cette semaine ?* s'était alarmé le ministre de l'Intérieur, qui avait épanché sa colère inquiète auprès du préfet, lequel avait pris son téléphone pour poser la question au directeur des Renseignements généraux, lequel avait dit *j'ai l'homme qu'il vous faut. Un ancien parachutiste reconverti dans la police ; le genre de gars qui ne supporte pas la moindre écharde dans la paume du gouvernement.* Faisant suite à cette cascade de coups de fil affolés, Monsieur Roger traînait chaque jour dans le bar-tabac de la rue Saint-Honoré où, posté en embuscade près du comptoir, les oreilles sur le qui-vive, il guettait des informations sur le prochain numéro du journal satirique. Encore heureux que ce café fût un étroit boyau où les buveurs assis entrechoquaient forcément leurs genoux et où il était difficile qu'une conversation restât discrète.

Celui qui avait été jugé digne de cette mission avait commencé par la refuser. *Tout mais pas les cafés*, avait-il expliqué à son supérieur. *Vous savez bien que j'ai arrêté.* Dans le service, tout le monde se souvenait qu'après les accords d'Évian, Monsieur Roger avait traversé une mauvaise passe. Au bureau, dans les troquets, chez lui, il avait des années durant dépucelé les bouteilles par dizaines pour noyer sa rage de vivre dans ce monde qui avait périmé à jamais les cartes du Malet et Isaac de son enfance, pour oublier l'Empire rabougri, les colonies bradées, les protectorats envolés. Monsieur Roger était malheureux.

À la surprise générale, il n'avait plus touché à une goutte d'alcool depuis le jour où il avait été nommé inspecteur divisionnaire. C'est-à-dire depuis trois ans, deux mois et dix-huit jours. Autour de lui, on s'était perdu en conjectures, on avait supposé l'existence d'une femme qui aurait remis de l'ordre dans cette vie dissolue. On se trompait. La femme de sa vie, c'était la France. Et il avait décidé le jour de sa promotion que son pays, enfin ce qu'il en restait, méritait un serviteur irréprochable. Les premières semaines, bien sûr, avaient été très pénibles. Même en pleine nuit, il rêvait d'un verre de rouge ou d'une bière mousseuse. Les plats qu'il accompagnait d'eau minérale n'avaient plus aucune saveur. Il avait tenu bon. Aussi fuyait-il tous les lieux où la tentation d'un verre guettait. Mais le supérieur avait balayé ces arguments : *L'affaire est trop grave pour que je la confie à un agent débutant dans le service. Ce sera vous, et pas un autre.*

N'eût-il tenu qu'à Monsieur Roger (appelons-le comme cela, puisque c'est ainsi qu'il s'est présenté dans le bar-tabac de la rue Saint-Honoré, mais il a eu plus d'une identité dans sa vie, il était connu sous le nom de Monsieur Patrick quand les étudiants installaient des barricades dans le Quartier latin, de Monsieur Didier du temps de l'affaire Markovic, de Monsieur Fabrice quand l'affaire Lip menaçait de transformer Besançon en ville insurrectionnelle, et de Monsieur Arsène lorsqu'il filait les pasionarias de la cause des femmes – et seule sa mère pouvait affirmer qu'il avait été déclaré sous le nom d'Albert Perrignier à la mairie d'Annemasse cinquante-quatre ans plus tôt), on aurait coffré tous ces scribouillards, on aurait embarqué tous les exemplaires de leur torchon, et l'affaire aurait été réglée. Il avait employé ce genre de méthode expéditive en Algérie et n'en avait conçu aucun état d'âme. Mais, *pas de censure, pas de saisie, cette époque est révolue*, avait fait savoir le Président. *C'est une promesse que j'ai faite lorsque j'ai été élu et je la tiendrai.* Il serait moderne là où ses prédécesseurs l'avaient si peu été.

Monsieur Roger avait râlé, ses collègues aussi : la liberté de la presse ne facilite pas le travail de la police.

La liberté n'exclut pas le contrôle, avait toutefois rappelé le ministre aux policiers, qui étaient bien d'accord. *La grande maison qui est la nôtre saura être vigilante. Je m'y suis personnellement engagé auprès du Président.* Voilà pourquoi Monsieur Roger traquait ce jour-là une proie encore plus insaisissable, changeante et subtile que l'amour (s'il est possible) : la polémique.

Il n'était apparemment pas le seul. Dans le café aux murs tapissés de publicités pour les alcools d'autrefois venait de débarquer une équipe de la télévision américaine. Ils s'agitaient en anglais autour d'une caméra et d'un micro, cherchant au mur des prises électriques. Sylvain et Agnès écarquillaient des yeux d'enfants qui auraient surpris le père Noël sortant de l'âtre. Ils ne comprenaient pas un mot de leurs phrases mais avaient tout de suite saisi la portée de l'événement, et ses répercussions sur leur aura lors des prochaines fêtes de fin d'année dans l'Aveyron : les rois du village, ils seraient. *Ils font un de ces raffuts, les Yankees,* fit Sylvain, faussement fâché. Monsieur Roger non plus ne maîtrisait pas bien l'anglais, mais son oreille attentive capta un mot qu'il connaissait : « Watergate. » Malgré son ancienneté, il en fut flatté : si l'affaire était de cette importance, c'est que lui aussi était important.

Ce n'était pas des journalistes américains qui allaient lui apprendre quoi que ce soit. Au reste, leur présence ne le surprenait pas outre mesure. Un général orgueilleux avait autrefois snobé l'amitié de leur pays : ils n'auraient raté pour rien au monde cette occasion de chatouiller son successeur. Ils ne s'étaient pas privés de le faire au début du septennat, lorsqu'un carambolage fâcheux avait eu lieu à l'heure du laitier[1]. De ce côté-là, il ne fallait attendre aucune mansuétude.

Ceux que Monsieur Roger guettait n'étaient pas encore là. Il se replongea dans la lecture des petites annonces, sortit de nouveau son feutre rouge et entoura

1. En septembre 1974, *Le Canard enchaîné* (déjà lui) avait raconté comment le Président avait embouti au petit matin un camion de lait du côté de la place de l'Étoile. Il n'était pas seul dans la voiture. Les témoignages divergeaient sur l'identité de la passagère. La réparation de la Ferrari coûta 538, 57 francs : son propriétaire, Roger Vadim, trouva la note salée. Le montant fut confirmé à l'époque par Monsieur Roger, qui s'était déplacé personnellement au garage de l'avenue de la Grande Armée pour se procurer le document et faire un rapport circonstancié à ses supérieurs.

quelques lignes. *Vraie femme, situat, renc. H quarant, libre, pr partager moments agréables. Petite taille esprit s'abstenir. Écrire Journal. Réf 775 9N.* Agnès, qui était allée prendre la commande des journalistes, lut à son tour l'annonce par-dessus son épaule.

— Ah celle-là, elle me plaît beaucoup ! « Petite taille esprit s'abstenir », ça veut dire qu'elle cherche un homme généreux. Elle a raison. Mais ce qui m'inquiète, c'est qu'elle ne précise pas son âge. C'est mauvais signe. « Vraie femme », ça veut dire quoi exactement ? À mon avis, elle n'est plus toute jeune, celle-là. Si j'étais vous, Monsieur Roger, je me méfierais.

Sans lui demander son avis, elle s'empara du journal et scruta les annonces.

— J'ai ce qu'il vous faut ! Écoutez ça : *JF 41 a, séduis. Enthous. Attractive, mil. aisé renc. H disponible, ay. forte person. et classe, plutôt gd, plutôt généreux. Écrire journal Réf 777 6G.* La voilà, votre perle ! Vous ne l'aviez pas vue, celle-là ?

Monsieur Roger ne l'écoutait pas. Il paraissait hypnotisé par l'équipe de journalistes américains qui, avant de commencer le reportage, s'extasiait sur le décor *so typical,* que les cris du serveur *(Une bavette pour la 5 ! Un croque au comptoir !)* mettaient en joie et qui avait commandé à Agnès une tournée de Picon bière. Un peu vexée, elle comprit que cet homme-là – comme tous les autres – était fasciné par l'actualité.

— Vous savez pourquoi ils sont ici ? lui demanda-t-elle. C'est à cause de cette affaire dont tout le monde cause. Celle que ceux du dessus ont sortie. Une histoire de diamants offerts par Bokassa. Il paraît que c'est mauvais pour le Président. Ça ne m'étonne pas, d'ailleurs : la période n'est pas faste pour le Verseau. En ce moment, leur ciel est plombé par Saturne. Ça veut dire contrariétés, retards, ennuis en tout genre.

Agnès trouvait Monsieur Roger plus nerveux que les autres jours. Cette façon de toucher à peine à sa tasse de café, de se tourner sans cesse vers la porte d'entrée comme s'il guettait une apparition.

— Il est plus de midi. D'habitude, ils sont là à cette heure-ci, les journalistes du *Canard*. C'est curieux, cette absence, fit-il remarquer à Agnès.

— C'est normal : c'est le jour du bouclage. Ils viendront fêter ça vers une heure, comme d'habitude. C'est toujours une bonne journée pour notre chiffre d'affaires. Sylvain dit que si on ne les avait pas au-dessus de nous, on rembourserait moins vite le bar.

Monsieur Roger comprit qu'il allait falloir patienter et commanda un autre café serré. Il allait devoir supporter encore les théories astrologiques de la patronne, que cette compagnie inhabituelle enchantait.

— Celui-ci, je vous l'offre, lui dit aimablement Agnès en lui tendant la tasse. C'est ma fête aujourd'hui : on est le 16 octobre, c'est le jour des Marguerite.

— Je croyais que vous vous appeliez Agnès ? s'étonna son client, prêt à modifier le soir même la fiche qu'il avait rédigée dès le début de sa mission (celle de Sylvain existait déjà, suite à l'enquête de routine effectuée au moment de l'obtention de sa licence IV).

— C'est tout comme. Marguerite est mon deuxième prénom. Et comme on n'a pas tant d'occasions que ça de se célébrer, j'en profite aussi. Je passe du coq à l'âne, mais laissez-moi vous dire une chose : je les aime bien, ces journalistes, mais je trouve que ce n'est pas très correct de s'acharner comme ils le font. Le Président est un Verseau, je vous l'ai dit. Sous une apparente froideur, c'est une personne très sensible. Pas besoin de le connaître pour deviner que toutes ces attaques le blessent. Qu'est-ce que vous en pensez ?

— Je ne connais pas le Président. Ce qui est sûr, c'est que c'est bien la première fois dans toute sa carrière qu'il subit des attaques pareilles.

Des mégots jonchaient le sol autour du bar, qu'un serveur venait régulièrement balayer, dans une allégorie contemporaine du mythe de Sisyphe. Agnès s'était plongée dans la lecture de *L'Aurore,* humectant son index droit de salive pour tourner les pages, dans un geste mécanique qui n'était pas sans rappeler celui de la préposée de la Poste de la rue du Louvre aux heures de pointe. Elle lisait l'horoscope et, jugeant que cinq jours de papotages constituaient une intimité suffisante, demanda à Monsieur Roger quel était son signe astrologique. Pris au dépourvu, il n'eut pas le temps d'échafauder un mensonge et consentit à dire : Balance.

— Balance ! J'aurais dû m'en douter ! Un charme fou quoique susceptible et boudeur, mais persévérant dans son travail et respectant sa hiérarchie. Je me trompe ?

Monsieur Roger regrettait déjà sa confidence. La patronne bavarde le serait plus encore. Il serait bon pour une consultation quotidienne. Encore heureux qu'il n'ait pas lâché le nom de son ascendant.

— Laissez-moi vous dire ce qui vous attend aujourd'hui. *Cœur : Ne vous emballez pas trop vite, vous pourriez connaître une désillusion.* Cela veut dire qu'aucune de ces annonces n'est la bonne. J'en étais sûre ! Surtout ne vous découragez pas, vous finirez par le trouver, votre oiseau rare. *Réussite : Le succès professionnel pourrait bien venir d'une collaboration.* Tiens, c'est drôle cette phrase, je vous vois toujours seul. *Forme : Trop grande nervosité.* Ce troisième café, ce n'était peut-être pas une bonne idée…

Agnès fut interrompue dans ses commentaires par l'arrivée d'une bande de garçons bruyants, vêtus de jeans et de blousons en cuir. Ils la saluèrent avec amitié, *comment elle va la patronne aujourd'hui ?* et Monsieur Roger reconnut les journalistes qu'il guettait depuis le matin. Le chuintement du percolateur, ajouté au choc des tasses déversées dans les bacs en inox par Agnès et à l'eau de la vaisselle qui coulait sans arrêt, l'empêchait d'attraper autre chose que des bribes de conversation. Mais il pouvait difficilement demander à la patronne de cesser son travail, au risque de se faire repérer. Il attrapa au vol quelques mots, *de la bombe… nouvelle liste de cadeaux…, comme des petits pains…* Il rageait, ayant l'impression que les informations qu'il était venu chercher lui échappaient encore une fois.

Agnès continuait à feuilleter *L'Aurore.*

— Un bon journal. Je vois parfois leurs journalistes. Vous savez que leur imprimerie est aussi celle du *Canard* ?

Monsieur Roger la regarda soudain avec intérêt. *Le succès professionnel pourrait bien venir d'une collaboration...* Il y avait peut-être du vrai, dans les horoscopes.

— La même imprimerie que celle du *Canard* ? Et où est-elle, cette imprimerie ?

— Dans leurs bureaux, évidemment ! C'est à deux pas d'ici, rue de Richelieu.

Monsieur Roger se frappa le front comme s'il se souvenait soudain d'une course urgente à faire.

— Il faut que je file. Je suis en retard. Merci encore pour le café.

Il disparut en quelques secondes, oubliant d'emporter le numéro du *Nouvel Observateur* où il avait sélectionné des annonces. C'est cet oubli, plus que son départ rapide, qui offusqua le plus Agnès. Elle le trouva suspect. Cherchait-il vraiment l'âme sœur, celui-là ? Elle se sentait trahie dans ses efforts amicaux pour l'aider dans sa quête. Ne cherchant pas à cacher son dépit, la patronne conclut : tant pis pour lui, la recherche du bonheur à deux mérite mieux que des amateurs. Et elle tança le serveur qui n'avait pas balayé les mégots accumulés sur le sol depuis une bonne demi-heure, faute de pouvoir s'en prendre à Sylvain : son mari était trop absorbé par sa conversation avec Gérard, un bistrotier du quartier, qui lui promettait des prix imbattables sur le caviar de Noël dans une épicerie fine près de l'Odéon à la condition de se recommander de lui.

Monsieur Roger avait laissé la Comédie-Française à sa droite, remontait la rue de Richelieu à grandes enjambées fébriles, redoutant d'arriver en retard, lorsque les rotatives auraient déjà commencé leur marche bruyante. Il repéra tout de suite le grand bâtiment qui abritait la rédaction et l'imprimerie de *L'Aurore*, et entra dans le café qui lui faisait face. Le Celtic était mêmement bondé, jonché de mégots et cacophonique. Autre café, autre couverture : Monsieur Roger opta pour l'identité du poivrot, ce qui n'était pas invraisemblable à cette heure. Pour être crédible, il lui fallait boire autre chose qu'un café. La tête dodelinant et la voix hésitante, il commanda une anisette au serveur. Celui-ci fit la gueule en voyant le Corneille froissé que lui tendait Monsieur Roger, le glissa dans la poche de son gilet noir, et de l'autre main attrapa la monnaie à rendre.

Cette anisette, c'était une erreur.

Monsieur Roger regardait son verre. Entrevoyait le plaisir qu'il aurait à en avaler une gorgée. Se remémorait la délicieuse sensation de l'alcool qui se faufile dans le sang. Crevait d'envie de replonger. Pour tromper ce désir têtu, puissant, obstiné, de boire l'anisette posée devant lui, il commanda un œuf dur, qu'il écailla avec soin sur le bord du comptoir. Cette mission, quel supplice !

L'ambiance était bien plus électrique qu'à Jean-Nicot, du fait de l'absence d'une patronne qui pacifiait l'atmosphère avec son goût pour les affaires de cœur et surtout à cause de la proximité du café avec l'imprimerie. Accoudés au comptoir, les habitués jasaient, les nouveaux venus écoutaient. L'intérêt de la presse étrangère pour cette affaire tournait les têtes. Des rumeurs enflaient, jamais contredites. Il se murmurait que, pas plus tard que tout à l'heure, une équipe de télévision japonaise avait réussi à pénétrer jusqu'au marbre pour enregistrer son reportage ; que le bon à tirer du journal avait été donné devant ces faciès bridés qui ne comprenaient pas un mot de notre langue.

Comme d'habitude, l'inspecteur des Renseignements généraux essayait de se fondre dans le décor et de saisir au vol quelques informations.

Elles tombèrent sous ses yeux, celles qu'il cherchait, mais il était bien tard : peu avant trois heures, un jeune homme hirsute surgit dans le café en brandissant un exemplaire du *Canard*, tout frais sorti des rotatives. Monsieur Roger jeta un œil par-dessus l'épaule du journaliste qui avait déplié son exemplaire pour le montrer aux habitués regroupés autour du bar. Comme redouté par le ministre de l'Intérieur, le journal renchérissait, amplifiait, dramatisait les révélations de la semaine passée et assortissait ses informations de jeux de mots dont il avait fait sa marque de fabrique.

À la une, on pouvait lire que le Président était « la vedette du petit écrin ». Le journal annonçait qu'il publiait une nouvelle liste de cadeaux. Diamants et pierres en tous genres. L'affaire paraissait prendre de l'ampleur. Les clients se passaient l'exemplaire, indifférents à l'encre fraîche qui tachait leurs doigts impatients.

À cet instant, Monsieur Roger se dit que tant que le Président ne démentirait pas ces accusations, la presse continuerait à vomir des révélations et qu'on l'enverrait de nouveau à la chasse aux informations. Qu'il devrait planquer de longues heures dans ces cafés postés près des rédactions. Qu'il allait devoir contempler ces rangées de bouteilles offertes aux regards comme les croupes des filles de la rue Saint-Denis que ses collègues de la Mondaine coffraient de temps à autre. Qu'il faudrait endurer des journées à être exclu de la confrérie des buveurs. Il était pris au piège.

À quoi bon lutter, quand le chemin de croix était tracé d'avance ? Monsieur Roger avala son verre en quelques gorgées hâtives. Dieu que c'était bon ! Tonus et langueur mêlés… Son esprit éprouvait des sensations délicieuses. Il n'eut plus qu'une idée en tête : en commander un second. S'il avait été dans un état normal, il se serait précipité dans la rue afin de trouver d'urgence une cabine téléphonique pour avertir ses supérieurs. Il savait quels points d'exclamation horrifiés l'attendraient à l'autre bout du fil. Le préfet de police transmettrait l'information. L'inspecteur qui en avait vu d'autres pouvait suivre en pensées le circuit prévisible de la colère d'État, la fureur quai de Gesvres, la consternation place Beauvau, l'effroi rue du Faubourg-Saint-Honoré. Mais, se disait-il en attendant la seconde tournée, les rotatives tournaient, cela ne changerait rien que le ministre soit prévenu maintenant ou dans deux heures. Le journal sortirait quoi qu'il arrive, pourquoi se presser ?

Pour la première fois, ce fonctionnaire bien noté, dont les chefs louaient la ponctualité, la rigueur et l'efficacité, allait faillir à sa mission.

Il était tout à la joie d'avoir renoué avec son ancienne compagne.

Le serveur avait posé un second verre devant lui, sans s'expliquer le regard lourd de gratitude qu'il lui adressait. Fataliste, Monsieur Roger se disait que cela devait arriver. En somme, se disait-il, je suis la victime de ce silence étrange. Si le Président s'était décidé à parler, je ne me serais pas remis à boire.

Sa mission était terminée pour aujourd'hui. Une autre tâche l'attendait le lendemain : le ministère de l'Intérieur avait entendu dire que les féministes continueraient à arpenter la rue, à piailler, à manifester tant que la loi Veil ne serait pas définitivement adoptée. *Dix ans qu'elles nous cassent les pieds*, fulminait Monsieur Roger en son for intérieur. Elles avaient déjà manifesté, elles manifesteraient encore. Les Renseignements généraux étaient depuis plusieurs jours sur le qui-vive : tout rassemblement est suspect quand on travaille dans la police. Le gouvernement voulait en savoir plus sur ces fauteuses de trouble. L'inspecteur décida d'aller traîner dans les prochains jours de l'autre côté de la Seine, du côté des Beaux-Arts où, au-dessus d'une salle dédiée à leurs réunions,

## 3

## *La militante féministe*

jeudi 18 octobre 1979

une grande banderole proclamait *Un homme sur deux est une femme.* Bonne pioche : Monsieur Roger conclut qu'il avait en effet affaire à un sérieux foyer de contestation. À l'intérieur d'une pièce où sa présence aurait paru incongrue, une dizaine de femmes s'interpellaient, jacassaient, vitupéraient. N'eussent été leurs sujets de conversation, on aurait pu les comparer à ces lingères d'autrefois dont le babil musical résonnait autour du lavoir. (La comparaison, bien sûr, leur aurait fait horreur.) Au milieu de ce groupe bavard, Marie Montaigu était de loin la plus jolie. Des taches de rousseur, des yeux verts, une gouaille de fille des rues ; Monsieur Roger, qui l'observait par la fenêtre, lui trouvait une ressemblance avec le portrait-robot de la mystérieuse passagère de la Ferrari qui avait autrefois embouti un camion de lait. Une actrice célèbre, dont le nom lui échappait à cette minute parce qu'il n'allait jamais au cinéma. (Si ce genre de délassement faisait désormais partie des obligations professionnelles, c'est que le métier avait bien changé.)

— Je regrette qu'on n'ait pas retenu mon slogan sur la décolonisation de l'utérus, se plaignait une grande brune aux cheveux courts.

— On pourra toujours l'utiliser pour la prochaine manif, la consolait une autre. Elle ne va pas tarder, je pense.

— Tu crois qu'on aura autant de monde que le 6 ?

— Je ne vois pas pourquoi la mobilisation faiblirait, lança Marie. Personne n'a l'intention de se calmer.

Le petit local des Beaux-Arts qui abritait les réunions du Mouvement de libération des femmes était en effervescence. Les filles avaient encore dans les jambes les kilomètres joyeux parcourus dix jours plus tôt, de Denfert-Rochereau à la tour Eiffel ; et dans le cœur le compagnonnage des élus de gauche, des syndicalistes et des anonymes. Ils avaient été cinquante mille à réclamer la reconduction de la loi autorisant l'IVG.

De ce gai samedi d'octobre, elles se souviendraient longtemps. Six heures d'affilée, elles avaient fait du bruit, chanté, scandé des slogans préparés à l'avance. Des mères de famille étaient venues en poussant un landau. Des militantes distribuaient aux passants le tract d'appel où l'on pouvait lire : *Le 6 octobre, nous manifesterons nos forces de vie, de production, de révolution.* Des personnes âgées se signaient sur le passage du cortège en lisant sur une banderole : *Ô Vierge Marie, vous qui l'avez eu sans le faire, laissez-nous le faire sans l'avoir.* Des syndicalistes applaudissaient en lisant : *L'usine est aux ouvriers, l'utérus est aux femmes, la production du vivant nous appartient.* On se serait cru revenu aux heures tumultueuses et ferventes des débats sur la loi Veil.

C'était fatigant, se disait parfois Marie, en pensant à cette loi provisoire que les députés devaient approuver de nouveau, cette façon qu'avait le progrès de surgir puis de vaciller, de subir des attaques toujours aussi vives malgré les années, de regimber sous les coups d'une opposition jamais morte, d'avoir besoin de béquilles pour s'imposer.

Ces béquilles, c'étaient leurs cris, leurs marches, leurs slogans. L'élan des militantes féministes n'avait pas faibli. La menace d'une abrogation de la loi Veil l'avait même amplifié. Elles comptaient bien retourner dans la rue.

La loi qu'elles avaient toutes réclamée pendant des années avait certes été votée dès le début du mandat du Président, mais à titre provisoire ; le parlement devait se prononcer ces jours-ci pour son adoption définitive. Pas question de baisser la garde : cette réforme qui menaçait de disparaître, elles la défendraient jusqu'au bout. Les réticences de la nouvelle ministre en charge du dossier les avaient alarmées : celle-ci avait déclaré qu'à titre personnel, elle était contre l'avortement. Comme Simone de Beauvoir, les filles pensaient que le secrétariat d'État à la condition féminine était un os à ronger, un gadget, une mystification. Et elles se méfiaient de ce Président qui avait défendu la loi moins par un souci de libérer les femmes que par une volonté de régler un problème urgent de santé publique ; un Président qui leur donnait parfois l'impression d'avoir cessé de fraterniser avec son époque ; un Président qui, en somme, avait été moderne puis avait cessé de l'être.

Un peu à part, Michelle, une nouvelle dans le groupe de parole, sans doute une transfuge des Féministes radicales ou des Perverses polymorphes, en tout cas une fille qu'on n'avait jamais vue avant, était en train de lire *Le Canard enchaîné* de la veille et faisait ses commentaires à voix haute.

— Il paraît que le Président a reçu d'autres diamants quand il était déjà élu… *Le Canard* parle de vingt carats, d'une très grosse et très belle pierre… Dites donc, il s'embête pas celui-là ! La vedette du petit écrin… C'est tordant, non ?

Plusieurs filles s'esclaffèrent. Contentes au fond de cette distraction ; le militantisme est une prison comme les autres.

Marie haussa les épaules. L'air de dire : il y a des sujets tellement plus importants.

— Je ne le défends pas. Mais cette histoire de cadeaux me semble dérisoire. Ce qui m'inquiète, c'est que s'il a ce genre de soucis, la cause des femmes le préoccupera encore moins qu'avant. Ce qui veut dire qu'on ne doit pas se relâcher.

— Dérisoire peut-être, mais surtout irresponsable. Le Président paie pour ses mauvaises fréquentations.

Est-ce qu'on accepte les cadeaux d'un dingue qui se prend pour la réincarnation de Napoléon, invite dix mille personnes à déjeuner pour son sacre quand son pays meurt de faim, a eu cinquante-quatre enfants de dix-sept femmes et qui serait cannibale ?

Marie pour une fois était d'accord. Et renchérit :

— Un dingue doublé d'un barbare, il paraît qu'il a tué à coups de canne un serviteur qui lui avait déplu. Sans parler de la façon dont il a traité sa femme, je veux parler de celle qui était l'impératrice : enlevée par des militaires devant son lycée quand elle n'a pas quinze ans, violée par Bokassa, épousée de force et puis séquestrée au Palais. Il lui faisait des enfants pour qu'elle ne se sente pas seule. Sept en tout. Cet homme, c'est la tyrannie masculine dans toute son horreur. Aucun cadeau, même en diamant, ne saurait l'excuser.

Que le dictateur puisse s'être vengé d'un Président qui, un mois plus tôt, avait contribué à sa destitution, n'effleurait pas les filles. Que ce soit lui qui ait indiqué les dates et la valeur des cadeaux, nul ne le disait. Qu'il soit de toute évidence le premier suspect dans cette affaire, personne n'y pensait. C'est que la Centrafrique était vraiment loin de la rue Bonaparte et qu'elles laissaient volontiers aux hommes les questions militaires.

Cette affaire de diamants les laissait moqueuses et indifférentes – *comme si on avait des diamants, nous* ! Ce mot leur évoquait des contes lus dans l'enfance, quand des sorcières crachaient des pierres précieuses par magie et quand les princesses étaient toutes des créatures soumises à l'odieuse domination des hommes, schéma ancestral qui n'était pas précisément leur tasse de thé.

En tout cas, aucune explication n'était venue du Palais depuis huit jours. L'absence de démenti avivait les doutes. On se souvenait du proverbe « Qui ne dit mot consent ». Mais ce qui désolait le plus les filles, ce n'était pas cette histoire de cadeaux (aucun homme n'est à l'abri d'une faiblesse), c'était ce silence. Le Président, contrairement à elles, n'éprouvait pas le besoin de s'épancher. Il avait tort : verbaliser leurs émotions, comme elles disaient, leur avait fait un bien fou. Toutes, elles fréquentaient les cabinets des psychanalystes avec assiduité. Une caméra, un micro, un divan, quelle différence ? On lance des phrases qui restent sans écho, mais le simple fait de les prononcer mène à la guérison.

La première fois, la pièce lui avait paru petite et le docteur sans âge. L'appartement donnait sur un boulevard bruyant du nord de la capitale. Il fallait parfois hausser la voix pour se faire entendre, tant les klaxons semblaient entrer dans la pièce. Mais on avait dit grand bien à Marie de ce psychanalyste dans le groupe féministe qu'elle fréquentait en ce printemps 1970. On lui avait vanté son écoute bienveillante et sa hauteur de vue peu commune.

Tandis qu'elle parlait, allongée sur le divan, il gardait le silence exigé par sa déontologie (hausser un sourcil était la réaction la plus exubérante qu'on lui ait jamais connue) et laissait ses pensées divaguer.

— Ma mère est tyrannisée par les choses. Enfermée dans la vie domestique. Elle a toujours fermé sa cave à clé, de peur qu'on ne vole ses bouteilles, elle cherche toujours un nouveau moyen de faire briller le cristal, elle recompte l'argenterie après chaque grand dîner, elle traque la poussière dans l'ourlet des rideaux. Elle passe son temps à répartir ses possessions entre ses six enfants, « Qui veut le service de Sèvres ? Pour qui le portrait de l'oncle Édouard ? Que deviendra la commode Empire de ma chambre ? »

*Il y a des meubles Empire chez ses parents ? Elle devrait les réclamer, ça ne vaut pas un clou en ce moment et je suis sûr que leur cote va monter.*

— Elle se préoccupe davantage de l'avenir de ses biens que de celui de sa progéniture. Elle se scandalise de notre indifférence aux objets.

*Mais au fait, où sont passés mes boutons de manchette en rubis, ceux dont j'ai hérité à la mort de Grand-Père ? Est-ce que Monique les aurait déplacés ? Je lui poserai la question ce soir.*

— Chez moi, les idées n'existent pas. Tout ce que j'ai retenu des repas de famille, c'est : « Je crois que le rôti est un peu trop cuit. La vinaigrette n'est pas assez assaisonnée, qu'en pensez-vous ? Marie, ferme ta bouche quand tu mâches ! » Voilà le genre de phrases que j'ai entendu toute ma vie. Il ne serait pas venu à l'esprit de ma mère que l'on puisse parler d'autre chose que de ce que l'on a dans son assiette. Elle commente à l'infini la fraîcheur des fruits ou la cuisson du plat, prenant mon père à témoin.

*La choucroute d'hier soir était vraiment ratée : trop de chou, pas assez de pommes de terre. D'ailleurs je l'ai très mal digérée. Il faudra que je le signale à Monique. J'ai des journées chargées, des patients comptent sur moi pour aller mieux, je ne peux pas me permettre d'avoir des ballonnements.*

— Parfois la discussion s'anime, sans décoller pourtant : c'est qu'on évoque les faits et gestes de la parentèle. Mes parents viennent de familles nombreuses, j'ai une quantité inouïe de cousins. Les mariages, les naissances, les morts surtout constituent un inépuisable sujet de conversation. Chez nous, on ne sait pas ce que c'est qu'une idée générale. Voilà pourquoi je m'ennuyais. C'est quand je suis montée à Paris pour faire mes études que j'ai découvert qu'il existait d'autres formes de convivialité.

*Cela me fait penser qu'on n'a pas encore envoyé de cadeau de naissance à notre petite-nièce. Monique a beaucoup de qualités mais je suis obligé de lui rappeler ce genre d'obligation. Je dois vraiment tout faire dans cette famille.*

— Après mon bachot, j'ai quitté Cholet et je me suis inscrite à la fac de Lettres modernes à la rentrée 69. À Paris, dans de minuscules chambres de bonne ou dans des résidences étudiantes, les filles se retrouvaient le soir autour d'un simple réchaud et ouvraient des boîtes de conserve ; parfois, les verres manquaient et c'était au goulot qu'il fallait boire la bière. Vautrées sur des matelas posés à même le sol, on échangeait des cigarettes, des confidences et des idées.

*La dernière fois que je suis entré dans la chambre de ma fille, elle puait la clope. Et on pouvait à peine marcher, tant la moquette était jonchée de vêtements. Monique ne peut même plus passer l'aspirateur ! Un appareil qui m'a coûté une fortune ! Il va falloir se décider à sévir.*

— C'est là que j'ai entendu parler des féministes et de leur combat. Ce sont d'ailleurs les filles de « psychetpo » qui m'ont envoyée chez vous. Le groupe d'Antoinette. Elles soutiennent que la psychanalyse est une étape nécessaire à la construction de l'être humain. Qu'il faut identifier la source de la colère pour la rendre bénéfique. Féministe, c'est un mot qui ferait peur à ma mère. La révolte ne fait pas partie de son mode de pensée.

*Sans blague ! Sa mère préférait lire* La Cuisine *de Madame Saint-Ange que* Le Deuxième Sexe. *Ce n'est pas moi qui vais le lui reprocher. Madame Montaigu, je ne vous connais pas mais je vous tire mon chapeau !*

— Pensez qu'elle a connu une époque où les femmes n'avaient pas le droit de vote et que, à chaque scrutin, elle demande encore à mon père pour qui elle doit voter. Le droit des femmes à disposer de leur corps, c'est une revendication incongrue pour elle : au moment de se marier elle était ignorante en toutes choses – sa propre mère l'avait seulement avertie de l'existence du lit conjugal, sans autre précision. J'ose espérer qu'après six enfants, elle sait maintenant à quoi il sert.

*Pas comme Monique, déjà sacrément dégourdie avant notre mariage ! Flûte, ma chaussette gauche est trouée. Monique m'avait pourtant juré qu'elle avait rapiécé toutes mes paires… Elle veut que je ressemble à un clochard, ou quoi ?*

— Elle est archaïque et pourtant elle se croit moderne. Être moderne, pour elle, cela veut dire acheter de nouvelles machines pour sa cuisine. Pour ma mère, le mot « progrès » s'applique uniquement à ces nouveautés qui, au fil des ans, ont envahi sa cuisine. Un frigidaire plus vaste ? Un congélateur ? Un mixeur multifonctions ? Elle se rue sur ces appareils coûteux, sans voir qu'ils la confinent un peu plus au foyer. Un jour, je lui ai fait remarquer que toutes ces prises électriques ne servaient au fond qu'à la ligoter encore davantage dans sa cuisine, et que son tablier, sans lequel on la voit rarement, me faisait penser à une tenue de bagnard.

*Je pourrais demander à Monique d'essayer la recette de blanquette de veau qu'on a eue l'autre soir à dîner chez sa sœur. Elle était rudement bonne ! Juste assez de carottes et de champignons. Mais il faudra d'abord que je lui rachète une marmite convenable, la nôtre a fait son temps.*

— Je me souviens lui avoir dit : « Maman vous croyez être moderne alors que vous subissez encore plus le joug de la phallocratie. » Elle a éclaté de rire, m'a dit qu'on mettait de drôles d'idées dans la tête des jeunes, ces temps-ci.

*Drôles d'idées, elle n'a pas tort… Pire que drôles, dangereuses. Pourvu que jamais Monique n'ait les mêmes. Qu'est-ce que je deviendrais ?*

Marie n'était pas la première à confier au psychanalyste combien le joug de l'esclavage ménager n'était plus supportable. Avec leurs mots maladroits, ses patientes disaient toutes la même chose : que ce monde ancien, elles ne l'habiteraient pas.

Marie était sortie soulagée de cette première consultation. Enfin un homme qui ne pensait pas que la place des femmes était dans leur foyer ! Elle se félicitait de connaître un homme aux idées si avancées et partait avec le sentiment d'avoir été enfin comprise. En lui tendant deux billets, elle lui dit :

— Cela m'a fait du bien de parler à quelqu'un qui n'a pas que des préoccupations domestiques en tête. Le débat d'idées, il n'y a que ça de vrai ! À la semaine prochaine !

Chez le général et madame Montaigu, on avait assisté, avec effarement, à l'engagement de la petite dernière dans le militantisme féministe. Dans cette famille de militaires établie depuis cinq générations en Vendée, la cause de la femme était entendue : elle faisait des enfants (ou, disaient ceux qui avaient plus de religion que les autres, elle donnait la vie) et elle tenait sa maison. Guillemette Montaigu n'avait pas failli à la règle, avait mis au monde et élevé six enfants. Tenait les cordons de la bourse familiale serrés. Et ne manquait jamais la soirée mensuelle du Rotary Club, apothéose mondaine qui justifiait la commande d'une nouvelle robe chez la couturière de Nantes.

Lorsque Marie s'était abonnée au *Torchon brûle*, au motif que ce magazine s'adressait aux femmes sans leur parler tricot ni livrer des recettes de cuisine, ses parents avaient redouté, plus que la contagion d'idées subversives, l'opinion du facteur. L'obsession du qu'en-dira-t-on gouvernait la vie des Montaigu. En province, la première de toutes les vertus est la discrétion.

Lorsqu'elle revenait à Cholet, dans la grande maison de la rue Jules-Baron, pour quelques jours de vacances, Marie trouvait chaque fois l'air plus lourd, les esprits plus étriqués, les conversations plus indigentes (elle aurait eu la même impression si ses parents avaient demeuré boulevard Jean-Jaurès à Mâcon, rue au Lait à Chartres ou avenue des Acacias à Perpignan, dans n'importe laquelle de ces villes de province où une bourgeoisie gélatineuse savoure ses biens et chérit l'ordre). Dans la salle à manger éclairée par un lustre en verre de Murano rapporté de leur voyage de noces par les Montaigu, et meublée d'armoires dont les portes en verre laissaient voir des assiettes anciennes, accumulation d'héritages anciens, Marie utilisait des expressions qui dépassaient l'entendement. À croire qu'elle voulait les faire grimper aux rideaux. Eux et les ancêtres tristes dont les portraits observaient leurs repas.

À son père, elle expliquait vouloir *adopter d'autres modes de pensée*.

À sa mère, qu'il fallait *lutter contre les ressorts de la misogynie*.

Aux deux, que *la féminité est un travesti*.

— On ne trouve plus de bonnes pêches au marché, c'est dommage, faisait remarquer Guillemette Montaigu.

— Il faudra arriver en avance aux obsèques de l'oncle André, il y aura beaucoup de monde et l'église sera vite pleine, ajoutait le général, qui était un homme d'ordre.

Deux univers se croisaient, qui n'employaient plus le même langage. Le potage familial en perdait toute saveur. On tâchait d'arriver le plus vite possible au dessert, pour mettre un terme à cette discussion qui n'en était pas une.

Guillemette Montaigu devait subir les regards lourds de reproches du général, incantation muette qui signifiait : comment en est-on arrivé là ? Avait-elle raté quelque chose dans l'éducation de sa fille ? Elle fouillait dans sa mémoire, ne trouvait rien. Ses six enfants avaient tous été scolarisés dans des instituts privés de la région, avaient assisté à la messe chaque dimanche, avaient été enrôlés dans des groupes de scouts bon teint qui campaient l'été dans les prairies des châteaux de la région.

Les phrases de Marie étaient désormais truffées d'acronymes incompréhensibles. À la faculté, elle avait d'abord rejoint les Mao-Spontex (un nom qui évoquait plutôt pour sa mère une éponge de première qualité), Elle les avait quittés pour les VLR, omettant bien de préciser à ses parents que ces initiales signifiaient « Vive La Révolution ». De réunion en réunion, Marie avait sympathisé avec les militantes féministes. Elle avait quitté une chapelle pour une autre chapelle. En 1970, elle avait, à leurs côtés, multiplié les provocations destinées à se faire entendre. Lorsque Marie s'était jointe aux manifestantes féministes qui avaient, devant la presse, déposé une gerbe devant la tombe du soldat inconnu avec cette banderole : « *Il y a plus inconnue que le soldat inconnu – c'est sa femme !* », le général Montaigu avait cessé de recevoir sa fille pendant six mois, estimant qu'elle avait passé les bornes. Pour qualifier ces hystériques, il hésitait entre « furies » et « mal-baisées » : c'est dire en quelle piètre estime il les tenait. Au moment des manifestations en faveur de la légalisation de l'avortement, Marie avait prudemment espacé ses visites à Cholet, épargnant à ses parents le désagrément de se confronter à elle.

Le temps des provocations, du chahut, des cris était passé, au grand soulagement des Montaigu. Ils voulaient croire que *les enragés* de Mai 68 en avaient fini avec leur pénible crise d'adolescence. La fameuse loi légalisant l'avortement avait été votée, c'était regrettable mais c'était ainsi, Marie avait achevé ses études et enseignait désormais dans un lycée de la banlieue parisienne. Elle rendait rarement visite à ses parents, prétextant des cours à préparer et des copies à corriger.

Mais voilà que cette histoire de loi définitive avait rallumé le feu aux poudres chez toutes celles qui s'étaient battues cinq ans plus tôt. Froissant avec rage *Le Figaro,* le général Montaigu s'était exclamé : « Ça ne finira donc jamais, toutes ces manifestations ? »

Aux Beaux-Arts, les filles parlaient sans cesse. Cette joyeuse cacophonie, c'est ce qu'elles aimaient le plus dans les réunions du mouvement. Prendre la parole, c'était un peu prendre le pouvoir. Alors elles jacassaient, discutaient, rigolaient, se contredisaient, se rabrouaient parfois. Aujourd'hui, 18 octobre, pas de temps pour les palabres, il fallait préparer la prochaine manifestation. Elles empilaient en chahutant le surplus de tracts rescapé de la marche du 6. Elles commençaient à imaginer de nouveaux slogans. Conspuèrent au passage Michel Debré qui s'était déclaré terrifié par cette nouvelle loi (*terrifié ! le pauvre chéri !* Les filles gloussent, l'une monte sur la table et mime l'effroi) et avait ajouté que « la mission traditionnelle de la femme, donner la vie et perpétuer l'espèce, s'estompe peu à peu »[1]. C'est le genre de remarque qui ravive leur colère, fouette leur dignité, augmente leur élan.

Une brune énergique sonna la fin de la récréation. C'était Antoinette, le chef de file du mouvement.

— Vous ne croyez pas qu'il y a plus important à faire que de commenter les ragots de la presse ? On s'est réunies pour parler d'autre chose. Souvenez-vous de ce qui s'est passé le 6. Le Mouvement a failli être relégué en bout de manifestation. Onze ans de lutte pour se faire voler notre combat !

---

1. On peut reprocher beaucoup de choses à l'ancien Premier ministre du général de Gaulle mais pas son inconstance. Déjà, en 1975, il voyait « une monstrueuse erreur politique » dans la loi Veil. Il s'exprimait en tant que député de la Réunion et maire d'Amboise – nous confirmons aux plus jeunes qu'il y a bien 9 358 kilomètres entre ces deux points de chute électoraux. Ce cumul des mandats pour le moins atypique lui permettait d'envoyer des cartes postales variées à ses filleuls.

La veille de la manifestation, des tractations intenses avaient eu lieu pour constituer la première ligne du défilé – la plus visible, celle qui serait photographiée par la presse. Les militantes du Mouvement en avaient été écartées. Les représentants des autres organisations contestaient leur légitimité. Vous représentez *quelques* femmes, pas *toutes* les femmes, avaient-ils prétendu. Même ici, il fallait lutter contre la censure et l'effacement. Elles ne se feraient pas voler les droits d'auteur du progrès. Depuis le temps qu'elles luttaient pour.

Toute la nuit, elles avaient préparé des pancartes.

Et elles s'étaient faufilées, le lendemain, dans les premiers rangs du cortège, brandissant les trois lettres M, L et F, marchant sur les pieds, pinçant les bras, décidées à se faire une place. Les Perverses polymorphes en rangs serrés faisaient barrage, le parti socialiste donnait de la voix, les Gouines rouges piaillaient, les syndicalistes les insultaient, les Féministes radicales résistaient, le défilé menaçait de tourner au pugilat. Le mot « récupération » flottait dans leurs esprits indignés.

Elles n'avaient pas cédé.

La semaine suivante, dans les magazines, l'étendard MLF figurait sur toutes les photos.

— Puisqu'il faut avoir une existence officielle, nous allons l'avoir, poursuit Antoinette. Marie, tu files tout de suite avec moi à la préfecture pour déposer les statuts du Mouvement, genre loi 1901. Ça nous donnera du poids quand il faudra négocier les places dans le prochain défilé. Pourquoi on n'y a pas pensé plus tôt ?

Sourcils froncés, Marie marcha vers la préfecture en compagnie d'Antoinette. Derrière elles, un type bizarre en imperméable beige, à la jambe traînante, avait l'air de les suivre. Comme elles, il traversa la Seine, bifurqua vers l'île de la Cité. Un instant, elles songèrent à un pervers échappé de prison. Elles ne furent rassurées qu'à la vue des uniformes qui gardaient le bâtiment officiel. Dans la salle d'attente où elles attendaient leur tour, Marie se replongea dans un ancien roman de Marguerite Yourcenar, *Alexis ou le Traité du vain combat*. Elle sursauta en lisant : « Lorsque le silence s'est établi dans une maison, l'en faire sortir est difficile ; plus une chose est importante, plus il semble qu'on veuille la taire. » Mais Antoinette n'était pas là pour épiloguer sur une citation, fût-elle d'une femme.

— Ce mouvement, c'est bien, mais il ne faut pas se contenter de notre nombril franchouillard. Partout, il y a des femmes qui se battent. Il faut les encourager, comme lorsqu'en mars, nous avons soutenu les Iraniennes refusant de porter le voile. Aujourd'hui, c'est dans un autre pays qu'on a besoin de nous : en Russie, on vient de créer *L'Almanach*, le premier journal libre destiné aux femmes. Il circule bien sûr sous le manteau, dans l'habituelle clandestinité des débuts du mouvement féministe. Dans une AG, nous nous sommes fait traduire le premier numéro, les filles ont applaudi quand elles ont entendu les premières phrases de l'éditorial. Je me rappelle une phrase, *le patriarcat a depuis longtemps évolué en phallocratie.* Rien à dire, ce sont nos sœurs.

— Tu as une idée de l'écho que rencontre le mouvement là-bas ? demanda Marie.

— C'est difficile à savoir. Il faudrait se renseigner auprès de Russes, répondit Antoinette. Moi, je n'en connais pas.

— Justement, le Quai d'Orsay vient de me contacter pour donner des leçons de français à deux dissidents qui viennent d'arriver à Paris. Lui était une étoile du ballet dans son pays. Il a fui le bloc soviétique avec sa femme. Je commence la semaine prochaine. J'en saurai plus sur la diffusion de ce journal.

Et l'esprit de Marie vogua vers ces exilés qui ne parlaient pas leur langue et devaient s'inventer une nouvelle vie. Elle savait que le danseur devait commencer au plus vite ses répétitions à l'Opéra de Paris, et ce sera bien la première fois

# 4

## *Le couple de dissidents*

samedi 20 octobre 1979

depuis quinze jours que Sergueï se sentira chez lui. Familière, la barre à hauteur de hanche, familiers, les miroirs où il rectifiera ses gestes, familier, le bac de colophane que ses orteils caresseront dans quelques instants pour éviter que ses chaussons ne glissent sur le parquet ciré. Familière surtout, cette langue qu'il connaît depuis l'enfance et que tous les danseurs parlent couramment, cette langue dont il connaît le vocabulaire par cœur. Seul réconfort de l'exilé, celui d'être dispensé de cet effort supplémentaire. On lui parlera aujourd'hui, comme autrefois, de grands pliés, de pirouettes, de fondus et de frappés. Dans quelques instants, il va commencer sa première classe à Paris.

*Ils retrouvent les fuyards et leur brisent les jambes.*

Quinze jours que l'avertissement le hante, qu'il emplit chacune de ses journées, qu'il plombe chacun de ses pas, qu'il sature le cours de ses pensées.

Devant la glace, la phrase maudite n'a plus de sens. Il dansera encore. Le public l'acclamera de nouveau.

Ce public pareillement aveugle dans toutes les villes du monde, qui ne verra pas les gestes répétés cent fois devant le miroir, l'orteil boursouflé sous l'empeigne du chausson, le maquillage sur le point de fondre, qui ne verra que le corps qui fraternise miraculeusement avec la musique – et qui appellera ça la grâce.

Ses cachets seront versés dans une autre monnaie, et c'est tout.

Les autres danseurs sortent à tour de rôle du vestiaire, un instant figés de surprise en apercevant le célèbre dissident dont la photo a fait la une des journaux. Certains l'ont vu danser lors de l'une de ses tournées en Occident. Le saluent aimablement puis se rassemblent par petits groupes pour bavarder. Se plaignent du temps qui change, *il a fait si doux ces dernières semaines, et voilà que l'hiver est presque là, nos articulations vont en prendre un coup. Ce matin, j'ai sorti mes jambières en laine du placard.* Sergueï comprend un mot sur deux, mais entend le sens général de leurs propos. Il hausse les épaules et détourne son regard. Des chochottes. Des enfants gâtés. S'ils avaient connu, comme lui, le thermomètre qui descend à moins vingt, les couloirs et les loges du théâtre jamais chauffés, les doigts engourdis sur la barre, ils ne se plaindraient pas. Il les observe avec mépris : Occidentaux avachis, repus, insatisfaits, aux plaintes obscènes.

Un instant, il a envie de fuir. Il croise le regard d'Irina, assise en retrait. Il sait ce qu'elle lui dirait : on ne peut plus faire demi-tour maintenant. L'asile politique nous a été accordé. Tu n'es plus seulement un danseur, tu es un symbole. Et les symboles ne changent pas d'avis pour une question de climat. *Tiens bon Sergueï* lui lancent les yeux fatigués de son épouse.

*Ils retrouvent les fuyards et leur brisent les jambes.* Pas une minute sans qu'ils aient pensé à cette phrase, depuis ce 5 octobre où, profitant de la confusion qui régnait à l'issue de la représentation de *Giselle* à Zurich, ils ont emprunté les manteaux des danseurs du corps de ballet, hélé un taxi, se sont précipités au commissariat de police le plus proche, y ont déposé leurs passeports sur le bureau du fonctionnaire de service et, respirant enfin mais suant encore l'épouvante, ils ont déclaré *Nous demandons l'asile politique.*

Les danseurs s'installent à la barre. Le pianiste joue quelques notes. Les jambes et les bras en seconde, Sergueï se laisse mener par les ordres du professeur. Il redoutait que son corps regimbe, en ce premier jour où il retrouve la discipline exigeante de la classe. Mais les étirements matinaux pratiqués chaque matin, dans la chambre de l'ambassade de France qui les avait recueillis, puis dans celle du petit hôtel de Montmartre où on les avait logés à leur arrivée, ont porté leurs fruits. Toutes ces heures passées à allonger ses muscles, quatre doigts posés sur la crémone, nez collé aux mollets, genou coincé sur la hanche, puis menton tendu vers le plafond lui épargneront les crampes ou, pire, l'entorse.

Corps entretenu par les exercices quotidiens, mais aussi par toutes ces promenades que Sergueï et Irina ont faites dans Paris. Comme ils en avaient rêvé, de cette ville ! Main dans la main, ils ont arpenté une capitale qu'ils n'avaient qu'entrevue pendant des tournées, les autorités redoutaient tant une fugue – personne n'avait oublié celle de Noureev – que les danseurs pouvaient à peine sortir de leur chambre d'hôtel. Quand ils étaient autorisés à mettre le nez dehors, c'était toujours en groupe, menant l'existence collective qui était la norme chez eux. Même en Europe de l'Ouest, il ne serait venu à l'idée d'aucun danseur soviétique de quitter le groupe et de cesser d'obéir au responsable qui, au prétexte de les protéger, s'interposait entre le monde et eux.

Paris, pour Sergueï et Irina, avait d'abord été cela : une ville où, pour la première fois, ils pouvaient choisir leurs promenades, être esclaves de leur fantaisie, bifurquer selon leur bon plaisir. Ce qui chez eux était méprisé, le fameux individualisme occidental, leur procurait une griserie nouvelle.

Oui, c'est une ville inconnue qu'ils ont découverte, avec un plaisir à peine atténué par les deux imperméables gris qui les suivaient en permanence – *c'est pour votre sécurité*, s'était excusé le représentant de l'État. Ces hommes qui les protégeaient d'un éventuel enlèvement par le KGB avaient constitué leur second sujet d'étonnement. Ils croyaient que partout, la police était la même ; avaient pris l'habitude de se méfier de tous les uniformes. Qu'un policier joue le rôle d'un ange gardien, voilà qui était neuf. L'un des deux parlait même le russe, ce qui leur permettait de lui poser des questions.

Ils avaient presque tout aimé. Montmartre ressemblait aux photos qu'ils en avaient vues, l'île Saint-Louis et le pont Alexandre III aussi. Seuls Beaubourg et la tour Montparnasse les avaient scandalisés, comme des insultes aux perspectives qu'ils avaient si souvent admirées dans les livres, comme une verrue sur un beau visage. Celui des policiers qui parlait russe les avait beaucoup fait rire en leur apprenant le surnom donné à ce paquebot bigarré par ses détracteurs : « Notre-Dame de la tuyauterie. » Ces tuyaux aux couleurs criardes, Sergueï et Irina les avaient immédiatement détestés. Les deux exilés avaient pour ainsi dire bu la ville au goulot, dans une frénésie de découverte et de sensations.

C'étaient leurs premiers jours à Paris. Des jours de fête. La nostalgie, insidieuse, têtue, viendrait plus tard. Ils ne le savaient pas encore.

Le professeur annonce la fin de la barre. Avant de passer au milieu, certains danseurs s'approchent de Sergueï. La curiosité est trop forte, ils ne peuvent pas attendre la fin de la classe pour lui poser des questions. *Tu avais pris ta décision il y a longtemps ? Tu as eu peur qu'on ne te rattrape sur le chemin du commissariat ? Tu as pu avoir des nouvelles de ta famille depuis que tu es ici ?* De son pays, le dissident a encore conservé certains réflexes. Le mutisme est la meilleure façon de se protéger. On ne sait jamais qui on a en face de soi. N'importe qui peut être dénoncé par n'importe qui, en sorte que tout le monde est en danger. Sergueï sourit et s'éloigne, l'air concentré sur d'ultimes étirements. Vexés, les danseurs prennent son attitude pour de la condescendance. Ce danseur étoile qui a ébloui les théâtres du monde entier doit les considérer comme d'insignifiants partenaires.

*Ils retrouvent les fuyards et leur brisent les jambes.* Et s'ils ne les retrouvent pas, ils s'en prennent à la famille des traîtres qui ont choisi de quitter le monde démocratique pour se jeter dans les bras du capitalisme. C'est ce qui préoccupe le plus Sergueï. C'est ce qui rend ses gestes moins nets que d'habitude, aujourd'hui. Pour bien danser, il ne faut penser à rien d'autre qu'au mouvement et ne pas se laisser distraire de la musique. Sergueï pense à ses parents et à ses frères restés là-bas. Il redoute les brimades, les interrogatoires, peut-être même une arrestation arbitraire. Il redoute les fausses nouvelles transmises à la famille du renégat, *le public français le siffle tous les soirs, la compagnie qui l'a engagé ne va pas le garder très longtemps, c'était bien la peine de salir la république socialiste en demandant l'asile politique. Son comportement déviationniste fait honte à tout notre peuple. Votre fils a choisi de s'installer dans un pays décadent, il en subira les conséquences.* Impossible de leur parler, bien sûr. L'ambassadeur a promis qu'il enverrait bientôt un de ses adjoints pour s'assurer que tout va bien. Tant qu'il ne l'aura pas fait, Sergueï dansera mal.

Irina seule peut le comprendre. Tandis que commence l'adage, son esprit s'évade vers son pays. Elle sait qu'elle ne le reverra jamais. Ses épaules s'affaissent : la nostalgie vient de lui tomber dessus. C'est une maladie contre laquelle il n'existe pas de traitement. Irina comprend que toujours lui manqueront les grands ciels clairs de son enfance, les hivers glacials, et même les appartements communautaires. Les souvenirs prennent, avec l'exil, une douceur mélancolique. L'enfance rude, le corps malmené par la danse quotidienne, les privations, elle les a malgré tout aimés, parce qu'ils sont advenus chez elle. Dans son pays. Dans un endroit où elle avait des morts sous la terre. Où les arbres l'avaient vue grandir. Où elle avait rêvé sa vie d'adulte.

Jamais plus elle ne pourra dire *chez moi*.

Même si la France devait leur apporter la fortune et davantage encore de célébrité, même s'ils vont désormais habiter des appartements comme peu d'apparatchiks en possèdent, même s'il leur arrivera de sourire et parfois de rire aux éclats, non, jamais ils ne se sentiront chez eux. Partout et toujours dépaysés. Si Sergueï peut se consoler en se disant que sa seule patrie est la danse, *mon vrai pays c'est la scène*, combien de fois a-t-il asséné cette phrase à des journalistes ravis de l'entendre et de la propager, elle doit se contenter d'un muet conciliabule avec les paysages et les visages d'autrefois. Et tant de gens envieraient leur sort ? Les ignorants !

*Ils retrouvent les fuyards et leur brisent les jambes.* Irina aussi a entendu vingt fois l'avertissement sinistre. Elle aussi a pris l'habitude de regarder dans son dos, de parler à voix basse, de redouter qu'une voiture ne les suive.

C'est le prix à payer pour rester avec Sergueï. Ceux qui les croisent la prennent pour sa secrétaire, sa masseuse, parfois sa sœur. Ils ne savent pas que ces pas qu'il répète, elle les connaît aussi bien que lui ; qu'elle a failli être célèbre, elle aussi ; que son destin s'est joué sur des ligaments croisés, il y a plus de vingt ans.

Les danseurs abandonnent à présent la barre pour s'installer au milieu de la salle. Enfin, ils vont disséquer le miracle. Sergueï, c'est l'école russe – la plus exigeante. *Rentre ton ventre, baisse tes épaules, serre tes fesses et lève les yeux.* Au moment d'entamer une série de pirouettes et de grands jetés en tournant, il s'est concentré en se répétant l'injonction de ses anciens professeurs. En dépit de l'accueil glacial qu'il leur a réservé, les danseurs ne peuvent s'empêcher d'admirer la puissance de ses sauts, l'ampleur de son élan, la qualité de son ballon. Ils le savent tous : ce qui compte, ce n'est pas de sauter haut, c'est de rester longtemps en l'air. Et Sergueï, repliant ses jambes sous lui, ressemble à un elfe assis sur son tapis volant. Figés par la stupeur et l'admiration, les danseurs le regardent, tentent d'analyser ce qui ne peut pas l'être, plus tard ils essaieront de copier sa technique – comme si la grâce et la puissance pouvaient être contagieuses.

Révérence ultime au miroir. Les élèves applaudissent le pianiste. C'est la fin de la classe. Sergueï se tourne vers Irina, qui lui fait signe de s'approcher. Derrière la porte, une journaliste d'un grand magazine français les attend. Un photographe et un interprète l'accompagnent. La jeune femme tend à Sergueï une poignée de main souriante. *Elisabeth Couperin, je suis très heureuse de vous connaître.* Elle est juchée sur des bottes en cuir prune à talons vertigineux, porte une jupe en triangle qui découvre ses genoux et un pull-over si moulant qu'il ne cache rien de la forme de ses seins. Quel contraste avec Irina, sa sévère raie au milieu, ses lunettes fumées et sa robe noire sans forme. En voyant la journaliste, Sergueï ne peut s'empêcher de se rappeler ce qu'on disait en URSS du monde capitaliste : que c'était celui de la décadence, celui où les femmes étaient vêtues comme des putains, celui où les mœurs avaient baissé la garde et où on appelait ça le progrès.

Cette jeune femme lui rappelle ce jour où, à peine arrivés en France, Irina et lui avaient dû se constituer un début de garde-robe. Ils n'avaient rien, pas même une brosse à dents, quand ils s'étaient présentés au commissariat. *Ils sont arrivés nus comme des nouveau-nés, ou presque*, s'étaient attendris les journalistes qui avaient rendu compte de leur passage à l'Ouest. D'avoir tout laissé derrière soi participait de leur gloire. Tout enfant Jésus, même au XX^e^ siècle, suscite des vocations de Rois mages : de généreux mécènes s'étaient bousculés, chèques en blanc à la main, bonne conscience en bandoulière. Avaient mentionné le nom de grands couturiers. Avaient parlé de « sur-mesure ». Sergueï et Irina auraient trouvé obscène de dépenser plusieurs mois de salaire dans un vêtement. Le Prisunic ferait l'affaire, puisqu'on leur avait assuré que tout le monde s'habillait là. Mais même dans ce grand magasin populaire, les choses n'avaient pas été simples. Irina ne voulait rien acheter, horrifiée par les robes courtes et moulantes qui pendaient sur les cintres, ces pantalons évasés à partir du genou, ces blouses transparentes. *Jamais, Sergueï, jamais tu ne me feras porter une chose pareille.* Ces deux clients qui se chamaillaient en russe dans une grande surface avaient fait tourner les têtes des autres clients. Un attroupement de curieux s'était formé autour d'eux. Le policier qui les accompagnait avait dû les supplier de se décider rapidement pour mettre un terme à cette scène, affolé à l'idée qu'ils se fassent repérer par un agent du KGB. C'est lui qui avait fini par attraper au hasard quelques hardes, pour pouvoir rentrer au plus vite.

À ce souvenir pénible, le regard de Sergueï s'est assombri.

Irina a deviné les réticences de son mari. À voix basse, en russe, elle lui murmure : *Il faut que tu te forces, Sergueï. Rappelle-toi ce qu'on nous a dit à l'ambassade. Plus on parle de toi dans les journaux, plus tu es en sécurité. Ils n'oseront pas s'en prendre à un dissident célèbre.*

Le photographe tient à prendre des clichés de Sergueï à sa barre. Il s'exécute, jambe à l'équerre, arabesque indiscutable, poignets nonchalants, sourire professionnel bien que délesté du mascara des soirs de représentation, puis rejoint Irina, les aisselles trempées par l'effort et le corps fourbu. Les deux fuyards s'assoient en face de la journaliste, intimidés, méfiants. Ils se tiennent droits, les épaules en arrière, les fesses au bord de leur chaise, les pieds croisés dans une cinquième machinale qu'Elisabeth Couperin, à qui sa mère a infligé quelques années de danse classique dans l'enfance, reconnaît.

Elle leur sourit : cette rencontre est décisive pour sa carrière.

Ce matin, alors que triomphante elle annonçait qu'elle avait décroché une interview avec le fameux danseur passé à l'Ouest il y a quinze jours, son rédacteur en chef a opposé à son enthousiasme un cahier des charges cynique :

— Bonne nouvelle. La peur fait vendre. Souviens-toi, le jour où on a mis en une la grande enquête sur « Les chars russes à Paris : fantasme ou possibilité ? », deux cent mille numéros de plus. Le mot char, c'était une sacrée trouvaille. Ça rappelle à tout le monde de mauvais souvenirs. Alors Cocotte (quelques nuits passées sous les mêmes draps juste après l'embauche d'Elisabeth l'autorisaient à être familier), ton dissident, fais-lui cracher quelques phrases choc. Il va essayer de t'embobiner. (Elisabeth le regarde, éberluée.) Ne fais pas cette tête, ils sont tous pareils. Il va te sortir un cliché du genre « mon vrai pays, c'est la scène ». Il va te faire le coup du danseur qui ne pense qu'à son Art. Vérifiera lui-même par-dessus ton épaule que tu écris le mot avec une majuscule. Les majuscules, je m'en fous. Les lecteurs aussi. Ce que je veux lire, c'est : la liberté me donne des ailes. Ou bien : j'ai fui la dictature, je danserai mieux dans le pays des droits de l'homme. Si tu y parviens, je te promets la une.

La une ! La première une de sa vie de journaliste ! Elisabeth n'en a pas dormi. Elle a le sentiment que toute sa vie professionnelle se joue aujourd'hui, dans ce studio de danse surchauffé. Ces phrases que rêve de lire son rédacteur en chef, elle va les lui apporter, promis juré. Elisabeth est ambitieuse. Il lui arrive de payer de sa personne pour arracher une confidence à un homme politique. Dans la salle des Quatre Colonnes, sa trentaine mutine est très appréciée. Mais elle s'est renseignée : il paraît que le dissident est marié, que son épouse ne le lâche pas d'une demi-pointe. Il va falloir trouver autre chose.

La journaliste a traversé les vestiaires en baissant les yeux, peu habituée à l'impudique promiscuité de ces pièces. En entrant dans la salle, elle se remémore les conseils de son premier patron : *Toujours examiner les chaussures et les mains de son interlocuteur. Les chaussures pour l'origine sociale et les mains pour le caractère.* Les chaussures de Sergueï aujourd'hui, ce sont ses chaussons de danse. Quant à ses mains, elles sont courtes, fortes, et pour tout dire paysannes… Un calepin en équilibre sur ses genoux, elle pose sa première question.

— Vous avez demandé l'asile politique à la France. Après Rudolf Noureev, Mikhaïl Barychnikov, c'est à votre tour maintenant. Pourtant, vous étiez considéré comme un privilégié du régime en URSS.

— Un privilégié ! Une représentation me rapportait 32 roubles et 25 kopeks (l'interprète glisse à Elisabeth :

« C'est l'équivalent de 200 francs »). En dansant dix à quinze fois par mois, ce qui est beaucoup, je touchais un salaire qui était le double de celui d'un ouvrier. C'est bien, ce n'est pas énorme ! On a écrit n'importe quoi sur moi, que je touchais vingt fois plus que les ouvriers, que j'avais une datcha, une voiture, ou même l'Ordre de Lénine ! Mensonges ! Mais ne croyez pas non plus que j'aie quitté mon pays pour gagner davantage d'argent.

— Pourquoi, alors ? demande Elisabeth, catastrophée de voir la une s'éloigner.

Les yeux écarquillés, Sergueï affiche une stupeur désolée. Cette question, il est incapable d'y répondre. Encore tout imprégné de sa culture, tout habité de nostalgie envers ce qu'il vient de quitter, il n'a pas l'enthousiasme de celui qui serait sûr d'avoir pris la bonne décision. On ne change pas de patrie comme de chaussons de danse. Ce pays qu'il vient de quitter, il l'aime encore. Il n'ose pas le dire à cette journaliste qui le félicite d'avoir franchi le rideau de fer.

La jeune femme sent qu'elle ne lui extorquera pas un mot de plus sur ce sujet. Elle est déçue : son article risque d'être bien fade sans un ou deux propos très hostiles au régime de Léonid Brejnev. Adieu les félicitations du chef, la jalousie des confrères, le marchepied pour la gloire ! Le stylo en l'air, Elisabeth relit ses notes et ne voit pas de quoi faire un papier très vendeur. Pas d'éloge du modèle occidental qu'il vient pourtant d'adopter, pas de soulagement apparent à l'idée d'avoir quitté la prison soviétique. Elle espérait entendre un danseur éperdu de joie après avoir fait ce grand bond (c'est un cliché, soit, mais les lecteurs aiment les clichés). Au lieu de quoi, elle a en face d'elle un homme amer et mutique. Peut-être son épouse sera-t-elle plus loquace ? Elle se tourne vers Irina.

— Avez-vous le sentiment que vous serez plus heureuse ici ?

— S'il est heureux, je le suis aussi.

Elisabeth la prend aussitôt en grippe, ce n'est pas elle qui va servir son ambition. Roméo et Juliette, Tristan et Yseult, ça n'intéresse plus personne.

— Pour Sergueï, poursuit Irina, rien ne change : il s'est crevé pour le communisme, maintenant il se crèvera pour le capitalisme,

— Ne dis pas de bêtises ! gronde Sergueï qui se tourne vers la journaliste française et déclare, en la regardant fixement : De toute façon, mon vrai pays c'est la scène.

*Alors comme ça on veut jouer au plus fin ?* pense Elisabeth, furieuse. L'entretien va de pire en pire. Elle ne s'attendait pas à rencontrer des réfugiés d'humeur aussi maussade. On dirait qu'ils sont partis à contrecœur. Les lecteurs ne vont pas aimer. Son rédacteur en chef encore moins.

Surtout, ne pas le braquer. Tenter une autre approche. Sa carrière est en jeu.

Elisabeth possédait une panoplie de sourires. Ils avaient beaucoup fait pour sa carrière. Il y avait le sourire maternel – lèvres serrées, regard attendri, intonations d'infirmière à l'heure des soins –, le sourire séducteur – dents humides découvertes jusqu'aux gencives, œil béat –, le sourire informé – léger, très léger rictus pour dire « on se comprend à demi-mot et je vois bien ce que vous voulez dire ». Aujourd'hui, dans l'urgence, il s'agit d'inventer une mimique nouvelle : elle adresse à Sergueï un sourire de groupie qui aurait dès son plus jeune âge tapissé les murs de sa chambre de photos de son idole (sourcils écarquillés, comme éberlués enchantés chavirés par cette rencontre, lueur de stupeur admirative au fond de la prunelle, lèvres tremblantes de contentement : ce sourire-là pourrait aussi faire son petit effet auprès de certains hommes politiques. Il faudra essayer).

— Je comprends cela, enchaîne donc la journaliste, conciliante. Mais le fait est qu'en demandant l'asile politique, vous avez adopté notre pays. Savez-vous qu'ici on vous qualifie de héros ? Qu'on admire votre courage et la façon que vous avez eue de choisir notre modèle de société ? Parlons un peu de la France. Dites-nous quelques mots du Président français.

Sergueï, prudent, est décidé à s'en tenir à des propos vagues. La groupie extatique ne paraît lui faire aucun effet.

— Je ne l'ai pas encore rencontré. On m'a dit qu'il aimait le ballet. Nous aurons donc forcément des choses à nous dire.

Ce n'est pas avec de telles phrases qu'on va faire sursauter les lecteurs. Cette une qu'elle voit sans arrêt s'échapper, c'est rageant. Elisabeth décide d'essayer une autre méthode. Elle s'est remémoré une phrase de son rédacteur en chef. *N'oublie jamais ce qu'on appelle l'air du temps. Si tu parviens à le saisir, tu seras la reine de la presse.* De quoi est-il fait, l'air du temps, ces jours-ci ? Elle a soudain une illumination. Après la crise économique et la menace soviétique, il y a un sujet qui passionne les lecteurs.

— Avez-vous suivi l'actualité de notre pays ? Que pensez-vous de ces cadeaux qu'on reproche au Président d'avoir reçus ?

Sergueï la regarde sans comprendre. Dans la presse française, on ne lui a traduit que les articles qui relataient son passage à l'Ouest. Elisabeth résume la situation : une plaquette de trente carats reçue autrefois des mains du dictateur Bokassa enflamme l'opinion publique. L'opposition s'est emparée de l'affaire. On parle d'enrichissement scandaleux. L'affaire embarrasse le gouvernement.

— Et que dit votre Président de toute cette affaire ?

— Rien. Il se tait.

— Il se tait ? Eh bien laissez-moi vous dire une chose : il a bien raison. Je viens d'un pays où moins on parle, mieux on se porte. Où n'importe quelle phrase peut être interprétée, déformée et vous conduire dans un camp de travail. Où un seul mot peut briser une carrière et saccager une famille. Alors on parle le moins possible. Il y a d'ailleurs chez nous un proverbe qui dit : « Ma langue est mon ennemie. »

— Vous pensez qu'il a raison de se taire ? répond Elisabeth, stupéfaite. Je conçois que vous ne vouliez pas critiquer le chef de l'État qui vous accueille. Mais la démocratie, c'est la transparence. Le silence est anti-démocratique.

Sergueï, ahuri, la fixe. Une litanie de points d'exclamation emplit son esprit : *imbéciles ! chochottes ! enfants gâtés !* Si elle savait ce qu'est vraiment un régime anti-démocratique ! Comment expliquer cela à cette jeune femme qui, vu son âge, n'a jamais connu autre chose que les magasins approvisionnés, les élections non truquées, le confort de l'Occident ?

— Et vous me dites qu'il n'était pas encore président quand il a reçu ce cadeau ? Mais alors on s'en fout complètement ! (L'interprète a hésité sur le mot à choisir pour traduire l'expression très grossière que le danseur vient d'employer.) Pourquoi en faire toute une histoire ? C'est stupide ! Si vous saviez ce que reçoivent les hommes politiques dans mon pays... Dix fois plus, cent fois plus ! Chez moi, avec des cadeaux, on achète tout le monde. Même le plus modeste fonctionnaire au fin fond du pays reçoit des cadeaux, en échange de quoi il signera la requête qu'on lui a présentée. Lui-même devra faire des cadeaux à ses supérieurs pour obtenir un logement ou autre chose. Et ainsi de suite jusqu'au sommet de l'État. Je viens d'un pays où le cadeau est une monnaie au même titre que le rouble, mais c'est une monnaie dont le cours est bien supérieur. Le socialisme rayonnant, c'est Noël tous les jours.

Il parle si vite que l'interprète galope pour traduire ses mots. Cette affaire de silence rend le danseur bavard. (Paradoxe qu'Elisabeth note à toute vitesse.) La journaliste reprend espoir. La une reparaît à l'horizon. Le sourire informé s'impose à ce stade de la discussion. Ce dissident qui avait l'air assez rustre au départ a finalement un point de vue original sur l'actualité.

— C'est ce qu'on appelle la corruption, non ? (Elle note au passage le mot sur son calepin.) Si je vous comprends bien, vous trouvez que cette affaire de cadeau au Président français n'en est pas une.

— Bien sûr. Rien à voir avec ce que reçoivent nos dirigeants. Que je vous raconte l'anniversaire de Léonid Brejnev il y a trois ans. Rien ne serait trop beau ni trop cher pour les soixante-dix ans du camarade Léonid Ilitch. Les rues de toutes les villes, de tous les villages ont été décorées de son portrait. La *Pravda* a republié des extraits de ses livres et a de nouveau fait leur éloge. Le nombre de ses décorations était si grand que leur liste occupait deux pages du journal. Bien sûr personne n'a dit que la plupart de ces décorations, il se les était attribuées lui-même. Ou n'a pas trouvé bizarre qu'il soit décoré de l'ordre de la Victoire alors qu'il avait fait la guerre comme sous-fifre. Je vous l'ai déjà dit : chez nous, une moquerie, une critique, ou même une simple réserve peuvent vous envoyer en camp de travail.

Sur son carnet, Elisabeth ajoute : culte de la personnalité. Elle souligne le mot de deux traits. Sergueï poursuit son récit, intarissable.

— Il a été couvert de cadeaux. Pas un apparatchik qui n'ait dépensé des trésors d'imagination pour lui faire plaisir. Lui qui adore les voitures et en fait même collection a reçu un modèle unique, une limousine Tchaïka GAZ-14. J'ai été un autre de ses cadeaux, en quelque sorte. On m'a fait venir au Kremlin pour une représentation privée. C'est que le camarade Léonid Ilitch adore les ballets, voyez-vous. Son fils Yuri, celui qui venait d'être nommé ministre, avait tellement bu qu'il s'est écroulé de sa chaise avant la fin de ma variation.

Elisabeth note frénétiquement : népotisme. Elle était sur le point de l'interroger sur Andréï Sakharov, qui n'avait pas eu le droit de sortir d'URSS pour aller recevoir son prix Nobel (*Passer une frontière, c'est quand même difficile quand on vient de chez vous ?*), quand Irina avait posé une main ferme sur l'avant-bras de Sergueï en lui disant,

— Tu vas trop loin. Arrête.

Elisabeth, si elle n'a pas compris la phrase prononcée en russe, a deviné le sens de la réplique. Son expérience lui a appris que les anges gardiens sont en général pénibles et nuisent à la franchise des échanges. Nuage sans importance : elle est assez contente de son entretien. Si elle parvient à mettre en valeur les critiques que le danseur vient d'émettre à propos du régime soviétique, elle devrait décrocher sa une. Si les lecteurs ne sont pas terrorisés, c'est à désespérer. Reste à prier pour qu'un confrère ne vienne pas la doubler. Ce genre de sujet affole les vautours de la profession.

Dans sa panoplie, elle choisit un de ses sourires les plus efficaces (il a fait ses preuves dans des situations autrement délicates) : l'empathique, sourcils circonflexes, paupières plissées, lèvres étirées vers les oreilles. C'est un choix heureux. Sergueï a soudain l'air de la découvrir. Elle n'est pas mal finalement (regard bienveillant) en dépit de sa tenue impossible (sourcils réprobateurs), lit Elisabeth sur les traits de son interlocuteur.

— Cela m'a fait plaisir de bavarder avec vous, dit le danseur, radouci. C'est la première fois que je parle de tout ça à l'extérieur. Je n'ai pas l'habitude. C'est pour cela que mes mots peuvent vous paraître un peu décousus. Il ne faut pas m'en vouloir. (Elisabeth a la présence d'esprit de dégainer son sourire maternel, celui qui veut dire « Vous avez fait une bêtise mais c'est déjà oublié ».) Chez moi, on se méfiait de tout le monde. Même à la maison, on fermait les fenêtres et baissait la voix dès qu'on parlait de politique.

Il fronce les sourcils, fixe ses chaussons, se concentre, pèse chaque mot.

— Je repense à votre question sur le silence de votre Président. Je ne comprends pas pourquoi vos concitoyens s'indignent. Dans votre pays, vous n'avez que le mot liberté à la bouche. Soyez logiques. La liberté, c'est celle de parler mais c'est aussi celle de se taire. S'il préfère ne pas répondre à vos questions, c'est son choix. Il faut le respecter.

L'absence de sourire s'impose face à cette réplique si peu dans l'air du temps.

— C'est un point de vue que peu de gens partagent, répond Elisabeth, le visage fermé. Merci en tout cas pour cet entretien que je vais tenter de retranscrire le plus fidèlement possible.

La journaliste referme son carnet, pressée d'aller se mettre au travail et de recueillir les félicitations de ses confrères le jour de la conférence de rédaction qui

5

# *La journaliste*

jeudi 25 octobre 1979

se tenait tous les mercredis matin au dernier étage d'un immeuble d'inspiration pompidolienne (structure en fer et vitres fumées) surplombant une jolie place de Paris.

Elle était arrivée un peu en retard, la réunion avait déjà commencé et tout le monde parlait de Pyrar. Interloquée, elle se demandait ce que désignait ce drôle de nom. Un médicament défectueux à l'origine d'un nouveau scandale sanitaire ? Un agent secret passé à l'Est et trahi par ses empreintes digitales ? Un cyclone menaçant de dévaster la Caraïbe ?

Elle pinça le coude de son voisin en lui lançant un regard interrogatif.

— C'est le nouveau clébard du Président ! Un berger des Pyrénées de deux mois offert par le Président du conseil régional d'Aquitaine ! Il pisse sur les tapis du Palais, ce qui trouble les visiteurs. Il est mieux nourri que nous, ce Monsieur de Pyrar : il paraît qu'on lui donne chaque matin du tapioca et des œufs battus pour fortifier ses pattes.

— Depuis quand est-ce que notre journal concurrence *Trente millions d'amis* ? demanda Elisabeth.

— Depuis qu'on ne parle que des cadeaux du Président, répondit son confrère. Pyrar aussi est un cadeau. Celui-là, on ne nous l'a pas caché. J'espère en tout cas qu'il sera mieux élevé que Jugurtha. La dernière fois que je suis allé à l'Élysée, il a salopé mon plus beau costume… Même à la blanchisserie, ils n'ont rien pu faire !

L'aparté s'acheva sur un regard courroucé de leur rédacteur en chef, qui voulait en venir au sommaire du prochain numéro.

Le cendrier ovale en cristal qui occupe le centre de la table est encore vide.

Elisabeth baissait les yeux sur son carnet de notes, décidée à avoir le triomphe modeste. Mais elle avait eu le temps de repérer un nouveau visage autour de la table Knoll, une poupée de vingt ans à peine, affublée de faux cils, l'iris brun surmonté d'un fard à paupières bleu, hérésie chromatique à la mode. Une nouvelle stagiaire, sans doute. Une grande bécasse inculte, donc. Et vulgaire, par-dessus le marché !

Elle décida d'oublier aussitôt son existence pour savourer les compliments qui allaient se bousculer dans quelques secondes, au lieu de quoi le rédacteur en chef se tourna vers elle, son papier froissé coincé dans les doigts, le sourcil hostile.

— Qu'est-ce qu'il a, ton dissident, à minimiser l'histoire des diamants ? À trouver des excuses au Président ? Qu'il se mêle de ses affaires, celui-là ! Qu'il s'occupe de ses entrechats et qu'il cesse de nous donner des leçons de démocratie…

Si elle s'attendait à ça ! Elisabeth baissait les yeux et regardait fixement le cendrier dont plusieurs cigarettes allumées allaient faire leur cible d'un instant à l'autre.

Elle aurait dû se douter. La semaine dernière, six petits jours après le début de l'affaire, dans la même pièce, le rédacteur avait lancé à ses troupes : *Je veux qu'on soit les premiers à sortir le scoop. Il me faut des preuves, des témoignages, des coupables. Si vous m'en trouvez, votre carrière est faite… Je vous l'ai dit cent fois : je veux du biscuit !* Et elle, bon petit soldat mordu par l'ambition et le désir de plaire, avait tout bêtement appelé la secrétaire de l'ancien dictateur africain. Qui avait, à sa stupéfaction, décroché son téléphone dès la seconde sonnerie, et répondu le plus aimablement du monde à ses questions, oui l'Empereur faisait des cadeaux, oui elle pouvait citer les noms des heureux bénéficiaires de ces largesses, mais non il ne s'agissait pas de grosses pierres, juste des cailloux de mauvaise qualité, rien de spectaculaire, les chiffres avancés dans la presse étaient fantaisistes. *Un million de francs, vous voulez rire ? Et pourquoi pas une rivière de diamants pendant qu'on y est ?* avait conclu Madame Dimitri, comme s'il s'agissait d'une bonne blague.

De retour au journal, Elisabeth avait raconté cet entretien à son patron. Et avait ajouté ce commentaire naïf : *Mais alors, si ces diamants ne valent pas grand-chose et si d'autres que lui en ont reçu, il n'y a pas d'affaire ? En somme, c'est beaucoup de bruit pour rien…* Son rédacteur en chef, qui n'avait jamais lu Shakespeare mais voyait dans ce scandale l'occasion de faire décoller ses ventes, n'avait que faire des scrupules de sa collaboratrice. Ici, on n'était pas sur une chaîne du service public à la botte du gouvernement. Il l'avait rabrouée comme une débutante. *Qu'est-ce que je t'ai dit ? Que je voulais du biscuit… Ce que tu m'apportes, ça manque singulièrement de calories…*

Voilà qu'elle avait récidivé aujourd'hui, en apportant son article sur ce dissident qui réduisait la tempête à une averse tropicale brève et sans conséquence. Elisabeth se mordait les joues de rage, se traitant de gourde, ayant peur que sa carrière ne souffre de ces impairs à répétition.

À côté d'elle, le chef du service politique ajouta :

— En attendant, le Président se tait. Au Palais, on nous fait savoir qu'il prend de la hauteur. Qu'il parlera « le moment venu ». Vous savez quel jour ça tombe, le moment venu ?

Tout le monde se mit à rire. Même le rédacteur en chef avait oublié sa colère.

— Vous riez mais au fond tout ça n'est pas drôle. Moi je vais vous dire, en se taisant, il tue notre métier. À quoi on sert, nous, si nos questions restent sans réponse ?

— Tu as raison, asséna le chef du service société qui militait au PSU depuis des années. Son attitude est humiliante pour nous. S'il ne parle pas, c'est qu'il espère que l'incendie va s'éteindre de lui-même. Ce dont on ne parle pas n'existe pas. C'est une tactique vieille comme le monde.

— S'il croit qu'en ne répondant pas, on va finir par oublier l'affaire, c'est raté : plus il se tait et plus on parle de lui, ajouta Elisabeth (qui pensait par cette remarque effacer un peu ses bourdes récentes). D'ailleurs, le week-end dernier, j'ai rendu visite à mes parents qui habitent Périgueux. Chez le coiffeur, on ne parlait que de cette histoire de diamants... Si la France profonde papote, l'Élysée peut trembler.

— Je crois surtout qu'il joue au Président. S'il était candidat, il réagirait à cette polémique. Comme il ne l'est pas encore, il se tait pour ne pas nuire à sa fonction, ajouta la responsable des pages société. Au fond, il est prisonnier de l'image qu'il se fait de lui-même.

— Plus il se tait, conclut Elisabeth, et plus tout le monde parle à sa place. Le doute s'installe. Le piège est redoutable. Je ne suis pas sûre qu'il le mesure.

Les premiers mégots de Gauloises sans filtre et de Gitanes Maïs s'accumulent dans le cendrier. Petits cadavres blonds ou blancs que le cristal déforme, irise, augmente. À la seconde où des doigts las surmontés d'une gorge irritée les ont écrasés, ils n'existent plus.

— Ils sont passés où, ces diamants ? demanda une journaliste qui avait retenu de ses études que la première vertu d'un enquêteur, c'est le bon sens. Il suffirait de les montrer pour prouver qu'ils ne valent pas grand-chose.

— Peut-être qu'il ne les a plus ? Ou qu'il les a donnés à quelqu'un ? émit la stagiaire, qui ouvrait la bouche pour la première fois. (Comment ? cette merveille de la nature était aussi dotée d'un cerveau ? Les mâles présents n'en revenaient pas et cette révélation fouettait soudain leur libido.) Marilyn Monroe, ça vous dit quelque chose ? Vous vous souvenez de la chanson qui disait « Diamonds Are a Girl's Best Friend » ?

— Vous vous êtes trompée d'adresse, mademoiselle, lança Elisabeth en détachant les syllabes, car cette fille la mettait d'humeur vinaigrée. Ici on cherche des informations, on n'écrit pas de romans, à l'eau de rose qui plus est.

Derrière cette remarque acide, il y avait les quinze ans qui les séparaient, la peau de son ventre qui commençait à se distendre, le teint brouillé au réveil qu'il fallait rehausser à coups de crèmes et de pinceaux, les cernes qui ne partaient plus aussi vite qu'avant, le sourire altéré de pattes d'oie. Les hommes, qui n'y connaissent rien, mettront cet échange un peu vif sur le compte d'une rivalité entre déjà et presque journaliste. Les femmes, plus fines, sauront à quoi attribuer cette querelle : la faute au temps qui passe et qui saccage même les plus jolies.

— Elisabeth, laisse-la terminer, s'il te plaît. Je trouve que Virginie est bien plus maligne que vous tous ! s'exclama le rédacteur en chef. Si ce qu'elle dit est vrai, on le tient notre biscuit…

Elisabeth regarda avec haine le visage aux longs cheveux auburn. Si elle n'a pas déjà couché avec le rédacteur en chef, ça ne saurait tarder. Dix ans plus tôt, elle était à sa place. Le voyage, elle le connaît par cœur. *Je sens que vous êtes plus maligne que les autres…* Des fleurs, des cafés, des dîners, des draps froissés et puis un jour plus rien : retour au voussoiement du premier jour et amnésie totale. Une silhouette invisible dans la rédaction. *Des moments magiques, dis-tu ? Tournons cette page, qui fut belle, certes, mais dont nous avons achevé la lecture.* Une métaphore minable en guise de lettre de rupture.

— Vraiment pas bête, cette hypothèse, poursuivit le rédacteur en chef, songeur. Ça expliquerait pourquoi personne n'est fichu de nous montrer ce satané cadeau.

La stagiaire, encouragée par les compliments du patron (et aussi par le pied du même, qui s'était mis à caresser avec insistance sa cheville gauche), osa continuer :

— Je ne suis pas d'accord avec vous, Madame (en mettant une intonation de majuscule à ce mot). Mais retrouver une plaquette de diamants chez une jolie femme, c'est comme chercher une aiguille dans une botte de foin, et puis la vie privée des hommes politiques, c'est un sujet tabou n'est-ce pas ?

Tabou, sans aucun doute. L'information s'arrête au seuil de la chambre à coucher : le B.A.-BA du métier. Offense au chef de l'État, tu vois le genre. On ne joue pas à ce jeu si on n'est pas prêt à mettre la clé sous la porte. La concupiscence du patron venait de connaître un sérieux coup de froid.

Dans le cendrier, le niveau des mégots monte. Certains, mal écrasés, dégagent une fumée âcre qui pique les yeux de ceux qui ne portent pas de lunettes. Mais il ne viendrait à personne l'idée de protester.

La discussion n'avançait pas. Aucun d'entre eux ne possédait d'information sérieuse, tangible, objective. Ce qui n'empêchait pas le rédacteur en chef de vouloir en faire sa une, coûte que coûte. Il y tenait, à sa crise politique. Dans la grande broyeuse de l'actualité, il voulait happer le scandale, dénicher le scoop, retenir le drame. Sans eux, pas de lecteurs. L'adultère, le divorce, le mensonge, le crime, il adorait. Le bonheur familial des princes ou des chanteurs, c'était du narcotique. Le Président propre sur lui, incarnation d'une réussite fulgurante et sans tache, pire encore. *Vous ne travaillez pas à* Jours de France, répétait-il à ses troupes.

Elisabeth commençait à comprendre que toute cette affaire n'était qu'un prétexte. Que ses confrères avaient décidé d'en faire le premier épisode d'une campagne électorale qui, sinon, s'annonçait terne. Qu'elle avait en face d'elle des scénaristes prêts à tout pour gaver la vie politique de rebondissements et vendre du papier.

— Et l'hospitalisation de Barre, on en parle[1] ? demanda le chef du service politique.

— Tu penses que ça va affoler les lecteurs ? ricana le rédacteur en chef. Vu sa cote de popularité, qu'il soit à Matignon ou au Val-de-Grâce, tout le monde s'en fout.

— C'est quand même la première fois dans l'histoire de la Cinquième qu'un Premier ministre est hospitalisé, insista le journaliste. Ça mérite sans doute un article.

— Qu'est-ce qu'il a, au fait ? demanda Elisabeth.

— Officiellement, mal au genou persistant et très forte tension. Je dis bien : officiellement.

Autour de la table, tout le monde s'est tu pour attendre les révélations. Et s'il était là, le biscuit ?

— On murmure qu'il s'agirait plutôt de surmenage et même d'un gros coup de déprime. Qu'il ne se sent aimé ni des Français ni de son patron. Et qu'il se rend bien compte que le Président pourrait vouloir le remplacer… Des noms circulent. Robert Boulin notamment.

— Une dépression pour cause de désamour ?

Le rédacteur en chef observa le journaliste avec pitié. Encore un qui n'a pas compris le sens du mot biscuit.

---

1. Surnommé Babar du fait de ses oreilles décollées, le Premier ministre était, de l'avis général, l'être le moins sensible aux brimades que le Président aimait à infliger à ses collaborateurs en disgrâce. Sa jeunesse passée sous le climat délicieux de La Réunion où sa famille possédait une case créole était sans doute pour beaucoup dans ce flegme admirable.

Mais vu son ancienneté, ses indemnités de licenciement seraient faramineuses. Il soupira : bien obligé de le garder.

La stagiaire, encore grisée par les compliments du rédacteur en chef, secouait sa chevelure. Elle souriait façon Joconde. Ils n'avaient pas l'air de trouver cela désagréable. Elisabeth la regarda avec mépris. C'était toujours la même histoire. Le prologue était peut-être excitant, mais elle pouvait lui souffler la chute. Si elle avait éprouvé deux secondes de sympathie pour cette oie blanche, elle lui aurait dit que la vie n'est pas un conte de fées, que les hommes qu'elle croisera seront tous mariés, et même très mariés, qu'ils ne lui offriront rien, ni fleurs ni diamants. Elle lui aurait décrit les soirées de piètre solitude, au retour exténué des reportages. Elle l'aurait mise en garde : les hommes sont brutaux, ingrats et versatiles.

Elisabeth n'avait aucune envie de rendre service à la nouvelle venue. Les quolibets du rédacteur en chef à propos de son article sur les dissidents soviétiques l'avaient meurtrie. Une femme blessée peut devenir méchante. Qu'elle se démerde, la gamine.

Soudain elle eut envie d'une existence bourgeoise, rangée, un mari, des enfants, en finir avec cette fichue carrière au nom de quoi elle devait s'allonger et sacrifier au bon plaisir des hommes. Pour la première fois, elle ne croyait plus à son métier ; en avait assez d'être une femme libérée ; rêvait de rencontrer l'un de ces hommes sentimentaux qui, paraît-il, couvrent les femmes de cadeaux et, parfois, les demandent en mariage.

Le cendrier est sur le point de déborder. Les mégots fripés, tatoués par le rouge à lèvres des unes, par la salive des autres, pathétiques reliquats d'un plaisir bref mais nécessaire, que la femme de ménage jettera ce soir en se pinçant les narines dans un vaste sac en plastique bleu, forment une pyramide dorée. Un mégot de plus et elle s'écroule. Comme chaque semaine, le cendrier fera office de sablier : lorsqu'il est plein, cela signifie que la réunion est terminée.

Ce soir, Elisabeth devra faire, comme chaque mercredi, au moins deux shampooings pour se débarrasser des effluves tenaces du tabac. Ce n'est pas ce souci trivial qui la tracasse. La réunion l'a remuée. Aujourd'hui, 20 octobre, elle était décidée à mettre un terme à cette existence d'ombre. Elle voulait rencontrer un homme qui ne la cacherait pas. Elle regarda son agenda et sourit en voyant ce qu'elle y avait inscrit à la date du 28. Dîner chez Hubert et Hedwige. *Je compte sur toi dimanche prochain,* avait insisté Hedwige, *il y aura trois des cinquante, on ne va pas s'embêter*. Elle tombait bien, cette invitation. Peut-être rencontrerait-elle ce soir-là celui qui. Et de toute façon, la soirée

## 6

## *La maîtresse de maison*

dimanche 28 octobre 1979

promettait d'être divertissante. Sortir de chez soi un dimanche soir, faire la niche au cafard, quelle perspective réconfortante ! Hedwige lui avait expliqué cette entorse au calendrier mondain : *J'ai choisi le soir où personne ne sort pour être sûre de les avoir.*

Tout était parti de cette une du *Nouvel Observateur* le 1er octobre : « Ces cinquante inconnus qui sont l'avenir. » En quelques jours, l'article avait bouleversé les règles élémentaires de la convivialité. D'autant plus que la liste des cinquante s'était étalée sur deux numéros – sept jours d'attente, de paris, de points d'interrogation avant de découvrir la totalité des noms. Rarement les hôtesses parisiennes avaient connu un tel état de joyeuse anxiété. Le 8 octobre, à la parution d'un numéro titré « J'ai vu disparaître les enfants du Cambodge », elles n'étaient plus les mêmes (sans que le regard éperdu de tristesse du petit garçon qui illustrait la couverture du magazine y soit le moins du monde pour quelque chose).

Désormais, un dîner sans au moins un des cinquante n'était pas un dîner. On se les arrachait. Comment avait-on pu passer à côté d'eux jusqu'à maintenant ? Périmés, les habituels ministres ou académiciens qui faisaient le clou d'une table. Les ducs et les princes ne valaient pas mieux : on avait l'impression qu'ils sortaient de la grotte de Lascaux. Et même les goncourables, ces plantes à feuilles caduques qui refleurissaient chaque année entre la rentrée des classes et la Toussaint, brillaient moins dans ce firmament moderne. Les maîtresses de maison avaient décidé de se passer d'eux. Que de noms biffés, que d'invitations reportées aux calendes grecques par la faute de cet engouement pour l'avenir !

Cet holocauste mondain avait eu lieu il y a trois semaines. Reposant l'article, Hedwige avait lancé à son mari ce cri du cœur : *Hubert, on s'encroûte ! Il faut faire quelque chose !* Cette conclusion sans appel avait servi de prétexte à l'organisation d'un dîner. Hedwige, elle aussi, avait envie de découvrir les futurs couleurs du siècle.

Au printemps 1974, Hedwige avait adhéré sans réserve à la vulgate du changement. Le vent de la modernité soufflait et cela faisait un bien fou. Elle se sentait rajeunir tous les jours. Elle avait vénéré ce Président jeune et séduisant, admiré sa façon de jeter la jaquette et le chauffeur dans les orties du passé, loué sa promptitude à engager des réformes. Le nouveau Président voulait *décrisper* la société. Hedwige avait décrispé sa garde-robe, Saint Laurent Rive Gauche avait remplacé Madame Grès dans ses armoires – elle avait même acheté un blue-jean pour la première fois de sa vie ; elle avait décrispé ses habitudes, boudant de plus en plus souvent ses après-midi de bridge ; elle avait décrispé ses lectures, délaissé Guy des Cars pour adopter Barthes, et s'était même abonnée au *Nouvel Observateur* (qu'elle appelait, dans le souci de décrisper son langage, « *Le Nouvel Obs* »). Enfin, dans un louable souci de décrisper les relations familiales, elle avait décidé que dorénavant, le mois d'août se passerait dans une villa louée au Pyla plutôt que chez ses beaux-parents, au fin fond du Perche. À quarante ans, elle s'était sentie jeune comme jamais. Hubert avait déploré en silence la mort prématurée du président Pompidou.

Cinq ans plus tard, Hedwige avait l'impression confuse que le gouvernement incarnait maintenant le passé. Le charme était rompu. Elle aurait été incapable de dater avec précision ce renversement ; elle le sentait dans l'air, les conversations, les esprits. Elle en était agacée, car si l'élan des réformes avait bien ralenti, et pour tout dire quasiment cessé, celui d'Hedwige restait intact. Cet âge d'or, elle en avait la nostalgie. Les partisans du Président étaient désormais qualifiés de « conservateurs ». Son propre fils la traitait parfois de « ringarde ». Un mystérieux grain de sable avait grippé le système.

Hedwige s'ennuyait. Déserté par les rêves, les ambitions, les désirs, son cœur était perclus de caprices sans saveur. En sortant des boutiques où elle avait acheté deux robes et trois paires de chaussures, en montant sur la passerelle des avions qui l'emmenaient vers des pays exotiques, son cœur ne battait plus. À cela elle avait compris qu'elle vieillissait.

Un jour que, chez le coiffeur, elle observait ses voisines de shampooing, elle s'était rendu compte que pour beaucoup d'entre elles, le massage long et voluptueux qu'on offrait à leur crâne était la seule caresse humaine qui leur restait. Les yeux fermés, elles jouissaient de ce moment en se rappelant les épisodes définitivement révolus. Sous les paupières closes, on devinait des souvenirs doux comme des plumes.

Hedwige avait pensé : *Un jour ou l'autre moi aussi. Moi non plus.* Elle avait entrevu ce moment glaçant où elle ne serait plus touchée par personne, si ce n'est par un coiffeur aux gestes mécaniques. Serait vêtue de tailleurs en tweed, chaussée de talons plats et préférerait le thé de cinq heures au champagne de sept heures. Bref, qu'un jour elle allait devenir une vieille dame. Il lui restait quoi ? quatre ou cinq ans avant de basculer dans la vieillesse, de voir ses traits s'affaisser, se creuser, se distendre, de voir la jeunesse résister dans le seul galbe de ses mollets, qu'elle avait Dieu merci ravissants, et de voir le regard des hommes s'attarder sur d'autres femmes qu'elle. Perspective sinistre. Par une étrange coïncidence, le même jour, une première mèche blanche était apparue sur sa tempe droite.

À son retour rue de Bellechasse, elle avait décidé que désormais, l'air du temps entrerait chez elle par ses fenêtres grandes ouvertes. Son carnet d'adresses avait lui aussi bien besoin d'être décrispé, rajeuni, renouvelé, quitte à essuyer les foudres de son époux, que tout changement mettait au supplice. *Voir de nouvelles têtes ? Comme si les anciennes ne suffisaient plus…* Hubert avait eu l'air sceptique. Le même jour, le numéro du *Nouvel Observateur* était arrivé à la maison. Elle avait lu et relu le chapeau rédigé par Franz-Olivier Giesbert, *Un coup d'air, un anti-musée Grévin, cinquante portraits pour vous faire découvrir des talents naissants…*, et avait soudain mieux respiré. Il y avait des gens à la mode et elle ne faisait rien ? C'était mal la connaître. Elle se mit en tête d'organiser chez elle le dîner le plus excitant de la saison : celui où viendraient quelques-uns de ces inconnus qui allaient faire l'avenir.

À force d'amis communs et d'insistance, elle avait donc décroché trois des cinquante. Score plus qu'honorable, qu'elle avait cependant tenté d'améliorer. *N'hésitez pas à venir accompagné*, avait-elle susurré à ses invités, imaginant dans sa naïveté les cinquante comme une petite secte d'êtres supérieurs qui se tutoyaient tous depuis le jardin d'enfants. Hélas, les deux premiers avaient très bourgeoisement répondu qu'ils viendraient avec leur conjoint. Au troisième, un écrivain prometteur qui ne faisait pas mystère de son goût pour les personnes du même sexe, elle n'avait rien dit, pensant à ce pauvre Hubert. Elle lui infligeait déjà suffisamment de concessions à l'esprit du siècle, ce n'était pas la peine d'en rajouter. Et vu le succès qu'avait rencontré son invitation chaque fois qu'elle avait prononcé la phrase magique, *le 28 octobre, une soirée à ne surtout pas rater, il y aura trois des cinquante*, l'objectif était largement atteint.

On aurait beaucoup surpris Hedwige en lui disant qu'en fait de modernité, elle reproduisait les réflexes les plus éculés du snobisme, dont les proies sont changeantes mais les ressorts éternels ; et que ses aïeules avaient, sans qu'elle s'en doute, eu les mêmes en d'autres temps. Elle avait peu lu et le nom de madame Verdurin ne lui disait rien.

Néanmoins, ce plongeon dans l'inconnu – jeu de mots qui l'enchantait – soulevait des problèmes inédits pour la maîtresse de maison experte qu'elle était. En premier lieu, fallait-il se priver des services d'un maître d'hôtel, sous prétexte qu'il n'y avait rien de moins moderne ? *Ce n'est peut-être pas très moderne, mais c'est rudement commode,* avait protesté Hubert, tourmenté par cette nouvelle lubie de son épouse.

La réflexion s'était poursuivie chez la manucure, dans sa voiture, dans son bain. Il en était résulté une semi-conversion. Le maître d'hôtel serait abandonné au profit de la femme de ménage espagnole, jugée moins *tape à l'œil. Tout est affaire de style, Hubert, que veux-tu,* avait expliqué Hedwige à son époux navré par cette entorse aux usages en vigueur depuis vingt ans chez eux. *Ce n'est pas de ma faute si on nous rebat les oreilles avec ce mot depuis cinq ans.* Hubert avait soupiré *: Si maintenant il faut donner des dîners en se préoccupant du style...* En cuisine, comme d'habitude, il y aurait un chef – mais qui le saurait ? *Cinquante ou pas cinquante, tout le monde a un estomac*, avait conclu la maîtresse de maison.

À huit heures vingt, Hedwige jetait un regard satisfait sur son salon, les roses épanouies dans des vases de cristal, les cendriers sur le qui-vive, son plan de table qu'elle avait encore modifié trois fois dans l'après-midi ; le miroir de l'entrée avait donné son aval aux virgules blondes comme repoussées derrière ses épaules par un grand coup de vent et à la robe noire « très simple » qu'elle avait choisi de porter, se souvenant qu'il vaut mieux être *underdressed* chez soi et *overdressed* chez les autres.

Hubert, affalé dans un canapé, faisait partager sa mauvaise humeur à un verre de whisky. Ce dîner faisait remonter en lui de vieilles rancœurs, le déménagement sur la Rive gauche, au motif que Neuilly était *vraiment trop rasoir*, l'abandon du voussoiement par les enfants, et pire que tout, il y a cinq ans, l'enthousiasme incompréhensible de son épouse face aux réformes du nouveau Président. Le droit à l'avortement l'avait choqué, le divorce par consentement mutuel consterné. La création d'un secrétariat d'État à la condition féminine lui avait paru le comble du ridicule. *Et la condition masculine, on en fait quoi ?* avait-il ricané tout un hiver. Hubert finissait par se demander si le candidat de la gauche avait vraiment été battu. Au final, il y avait beaucoup de changements et pas beaucoup de continuité.

C'était compter sans le pire : la majorité à dix-huit ans ! Depuis un mois, ce petit con de Charles-Henri, qui avait eu l'idée saugrenue de naître en 1961, était majeur… Et avait tenu pas plus tard que la veille des propos scandaleux à son père *: Je suis majeur et je t'emmerde, je ne ferai pas d'études et je ferai ce que je veux de ma vie !* Lorsque son père lui avait rétorqué que quelques mois de service militaire le calmeraient, le jeune homme avait hurlé *Je le ferai pas, le service, je me ferai réformer P4, fou ou homosexuel, ils n'auront qu'à choisir…* et avait claqué la porte de sa chambre. Le rejeton d'une famille qui avait donné deux amiraux et un général à la France ! Cette querelle avait gâché la nuit d'Hubert, qui s'était couché en maudissant une fois de plus les idées de Mai 68. Ses rêves avaient été peuplés de pavés, de barricades et de drapeaux rouges. Au réveil, le premier mot qui lui était venu à l'esprit, c'était « décadence ».

C'est dire l'humeur exécrable d'Hubert à l'heure où son épouse allait traîner sous son toit, dans son salon, à sa table, des inconnus qui avaient certainement approuvé ce grand chambardement. À huit heures et quart, il avait la joie de vivre d'une veuve portugaise. Heureusement que la perspective du triomphe mondain qui s'annonçait rendait Hedwige gaie pour deux.

À huit heures vingt-cinq, le premier coup de sonnette signala l'arrivée de Francis, à qui Hedwige avait fait promettre d'être là en premier. Au cas où l'échantillon des cinquante s'avérerait assommant, ce vieux copain sauverait la soirée ; il figurait dans tous les carnets d'adresses comme l'archétype de l'invité *tout-terrain*, capable de dérider le pape ou le Président chinois si on le lui demandait. Il sortait tous les soirs, invité partout, et finissait les nuits dans l'une de ces innombrables boîtes qui ouvraient chaque semaine à Paris. Il portait ce soir-là une veste en velours parme et lança un tonitruant *Ma chérie ! Trois d'un coup ! Je savais que tu étais une excellente maîtresse de maison, mais à ce point…* Phrase qui présenta l'immense mérite de dérider Hubert : il se décida à considérer cette soirée comme un pacte tout provisoire avec les forces du Mal, pacte qui, sait-on jamais, pourrait se révéler utile en cas de changement de majorité. Que tous ces gens votent à gauche, il en était convaincu. Peut-être certains finiraient-ils ministres ou présidents de société ? Allons, il ne faut jamais insulter l'avenir. Une ultime gorgée d'alcool lui redonna de l'allant. Il se leva pour saluer Francis, regarda sa femme qui venait de se repoudrer une dernière fois et dont la pupille blasée guettait l'éloge.

Celui-ci tardait.

Quelque chose clochait.

Comme s'il avait vu le Diable, Hubert se mit à piailler *Au coffre ! Au coffre !*

Avait-il perdu la tête ? Fallait-il appeler un médecin ? À cette heure-ci, c'était d'un commode… Et les invités qui étaient sur le point d'arriver… Hedwige, paniquée, envisageait une crise de démence et, se souvenant qu'Hubert avait des cousins en Loire-Inférieure que la famille qualifiait pudiquement de « pas finis », se demanda un instant si elle n'était pas en train d'assister à la résurgence d'un gène pas très net. C'était bien sa veine ! Le soir où elle recevait trois des cinquante, c'est-à-dire le soir qui allait consacrer sa suprématie mondaine pour tout l'hiver ! Hedwige lança à son époux un regard lourd de reproches qui signifiait : *Hubert, ton comportement n'est pas franchement décrispé.*

Elle interrogea Francis du regard. Hubert insistait. *Au coffre ! Tu as vu tes boucles d'oreilles ? Les diamants que Maman t'a offerts pour la naissance de Charles-Henri… Si ce n'est pas une provocation, je me demande ce que c'est… Mets tout ce que tu veux à la place, des perles, des saphirs, des n'importe quoi, mais pas ça pour l'amour du ciel ! Il ne manquerait plus que l'on se mette à parler de l'actualité ce soir…* Hedwige comprit soudain cette étrange réaction : Hubert était tout retourné par cette affaire dont on causait sans cesse. Il redoutait qu'elle ne coûte cher au Président, que l'opposition triomphe, et, une catastrophe en entraînant une autre, que l'Armée rouge ne finisse par bivouaquer place de la Concorde. Maintenant que le gouvernement ne réformait plus à tout-va, qu'il mettait même l'accent sur la sécurité, que le Premier ministre était un rassurant et bedonnant professeur d'économie, il lui convenait très bien. Ses inquiétudes s'étaient dissipées. Il ne fallait pas que cette *regrettable affaire*, de toute évidence montée en épingle par des gens malintentionnés, ne vienne tout gâcher. Il n'avait aucune envie de partir vivre (et possiblement périr d'ennui) sur les bords du Léman. Aussi avait-il adopté, involontairement, la même stratégie que le Président : le silence. On ne lui arracherait pas un mot, pas une allusion à cette affaire. Quelle affaire, d'ailleurs ?

Et tandis qu'il remplissait à nouveau son verre, *en attendant qu'Hedwige ait changé de quincaillerie*, il déclara à Francis, dans un élan de mâle complicité : *Il faut vraiment que je m'occupe de tout dans cette maison.*

À neuf heures moins le quart, au moment où retentissaient les premiers coups de sonnette, la maîtresse de maison avait retrouvé un sourire placide et nul ne pouvait deviner quel émoi avait présidé au choix des lourdes créoles en or qui étiraient les lobes de ses oreilles.

Le *small talk* de rigueur à l'heure de l'apéritif ne dépaysa pas Hubert, qui se sentit soudain plus détendu (les deux coupes de champagne qui avaient suivi le malt n'étaient bien sûr pas étrangères à la langueur bienveillante qui s'était emparée de son esprit). Les propos superficiels s'enchaînaient, *Bravo Elisabeth pour ton reportage sur ces deux dissidents russes ils doivent être si contents de vivre chez nous à présent qui a déjà vu l'exposition Picasso au Grand Palais Nadia Boulanger est morte comme c'est triste il paraît que François Catroux prépare un décor de Noël divin pour la maison Dior vivement l'inauguration le ministre de la Culture a décidément les idées larges il vient de féliciter officiellement Fabrice Emaer pour avoir contribué au renouveau de la nuit parisienne.* Et chacun de raconter sa dernière virée au Palace. *Ça tombe bien, Francis m'y emmène dans trois jours, il est grand temps que je m'encanaille*, déclara Hedwige, comme si elle était une rosière tout juste sortie du couvent des Oiseaux.

En ce qui concernait les cinquante, l'échantillonnage de la soirée était jugé d'un tacite accord conjugal bien mieux qu'en photo ; il faut dire que ces clichés en noir et blanc ont tendance à donner au plus franc des enfants de chœur le sourire louche d'un repris de justice. La directrice de Cartier était ravissante, l'écrivain prometteur avait le sourire ténébreux d'un Corse échappé du maquis, et le major de l'ENA passé dans le privé un costume si bien coupé qu'on oubliait sa petite taille.

Au moment de passer à table, Hedwige lança un long clin d'œil à Hubert, qui signifiait *Tu vois, ce n'est pas la mer à boire ces cinquante… Ce sont des gens comme nous, au fond.* Hubert, qui tentait en vain de colmater son estomac à force de cacahouètes depuis une demi-heure, lui adressa un sourire empli de connivence floue. Il allait falloir freiner sur le Figeac 1961, ce n'était pas de chance, c'était un cru exceptionnel.

La crème de légumes fut avalée dans une même atmosphère de phrases légères et paisibles. Hubert trouvait le décolleté de sa voisine charmant, la jeunesse a du bon vu sous un certain angle. Nathalie avait vingt-huit ans et un joli minois qui semblait sorti de Cineccittà. Il s'était bien gardé de demander à Hedwige avant la soirée la profession de ses invités ; la question lui aurait paru trop vulgaire, un dîner n'est pas un entretien d'embauche. Néanmoins, il fallait bien démarrer la conversation avec cette brune ravissante. Interrogée sur ce qui lui valait de figurer parmi les cinquante, la jeune femme répondit avec un délicieux sourire,

— J'ai pris la succession de mon père à la tête d'une entreprise.

— La succession de votre père ? Comme c'est bien. Rien de tel que les affaires qui restent dans la même famille. Et comment s'appelle cette entreprise ?

Elle prononça le nom. Il était connu. Il faisait la célébrité de la place Vendôme depuis des années.

Ce nom consterna Hubert. Des quelques mots bafouillés par la jeune femme, il n'en retint qu'un seul : joaillerie. Il énuméra en silence les reproches qu'il ferait à Hedwige, sitôt les invités partis, *tu avais le choix entre cinquante personnes et tu as trouvé le moyen d'inviter la seule qui s'occupe de pierres précieuses, avoue que c'est d'une légèreté stupéfiante de ta part ; il ne manquait que l'air des bijoux au piano !* et pétrifié à l'idée que Nathalie se mette à parler de l'affaire, l'entreprit aussitôt sur le charme incomparable de la Sologne en cette saison, *vous n'avez pas idée comme les couleurs d'automne sont un feu d'artifice permanent.*

Du côté d'Hedwige, Alain (qu'Hubert avait qualifié de « brillant sujet » au moment de valider le plan de table, terme qui désignait dans sa famille ceux qui décrochaient des diplômes avec une facilité incompréhensible et, hélas, absente du gène familial) citait le dernier livre de Jacques Attali, *L'Ordre cannibale*, dans lequel l'auteur prédisait que l'homme pourrait bientôt cloner des copies de lui-même, que des montres mesureraient son rythme cardiaque, que bientôt l'on fabriquerait des organes artificiels – bref, que ce serait le triomphe des machines. Toutes choses que Charles-Henri avait annoncées à ses parents, lui qui n'avait pas manqué un épisode de *Temps X* depuis six mois.

Alain, donc, était le centre de la conversation.

— L'homme est le seul animal à vouloir sortir de sa condition. Reste à espérer que cela ne tourne pas mal.

Hedwige buvait ses paroles.

— La modernité est toujours troublante, déclara-t-il en la regardant droit dans les yeux. Des papillons s'agitèrent dans le ventre d'Hedwige – puis se calmèrent tout aussi vite, quand elle se souvint qu'il avait quinze ans de moins qu'elle ; bref calcul mental qui fit fondre d'improbables rêves. De la décrispation à l'adultère, il n'y a qu'un pas que pourtant elle n'avait jamais franchi ; ses incartades s'étaient limitées à quelques œillades échangées avec le notaire du boulevard Saint-Germain. Car la modernité n'exclut pas les principes.

Redoutant comme toujours d'avoir laissé passer une mode, une innovation, une nouveauté, elle s'enquit auprès de lui de cette nouvelle et mystérieuse machine, baptisée magnétoscope, qui permettait d'enregistrer des émissions de télévision.

— C'est comme tout le reste : ça nous vient des États-Unis, répondit Alain, pour qui le progrès était un camarade avec lequel il convenait de fraterniser.

À ce mot magique, Hedwige soupira d'aise. Les États-Unis ! Cela faisait longtemps qu'elle pensait que tout venait de là-bas, à commencer par un président plus jeune et plus décrispé que les autres. Pour être moderne, il fallait regarder vers l'Ouest. Les papillons s'agitaient à nouveau.

C'est à l'arrivée du veau Orloff que les choses se gâtèrent.

— Qui a été voir au cinéma *Le Pull-Over rouge* ? demanda innocemment Alain.

Les maîtres de maison se turent, gênés. Ils savaient, comme tout le monde, qu'à la fin de chaque projection, les spectateurs sifflaient le Président. Que la peine de mort était un sujet qui fâche. Qu'il pouvait enflammer une table et gâcher un dîner. L'autre soir, chez les Crépin-Jaugeard, la soirée avait failli tourner au pugilat, après qu'un convive inconscient avait prononcé le nom de Christian Ranucci. La question de sa culpabilité soulevait presque autant de passion que celle du capitaine Dreyfus en d'autres temps, rien n'avait été épargné, depuis l'arme du crime jusqu'à la douleur des parents de la petite Marie-Dolorès. Évidemment, il y avait eu un invité un peu plus excité que les autres pour faire remarquer que c'étaient les mêmes qui avaient voulu légaliser l'avortement et défendaient l'abolition de la peine de mort, et qu'on cherchait encore la logique de toute cette idéologie gauchiste. La maîtresse de maison n'avait cru aucun de ses invités quand, au moment de partir, ils l'avaient remerciée pour cette soirée si réussie.

C'est Francis (ce cher Francis, pensèrent Hedwige et Hubert, pour une fois du même avis) qui sauva la situation en murmurant un *Innocent, coupable, tout est si relatif*... qui permit à chacun de sauver la face. Pendant quelques secondes seulement, puisqu'il ajouta *Votre Espagnole est une perle*, phrase qui fit immédiatement chuter sa cote amicale. Hubert se dit qu'à la minute où il parlerait d'un costume payé « rubis sur l'ongle », ils seraient brouillés pendant les dix prochaines années.

L'écrivain prometteur, qu'Hedwige avait placé à sa droite (*Avec lui au moins, tu peux être tranquille*, avait-elle dit à Hubert, *aucun risque qu'il me fasse du genou sous la table),* avait paru très agacé lorsque Alain avait brillé avec son savoir scientifique ; il saisit donc l'occasion de pouvoir à son tour monopoliser l'attention et raconta sa soirée de la veille.

— *La Conférence des oiseaux*, aux Bouffes du Nord, c'est d'une poésie dont on n'a pas idée... J'avais enfin l'impression d'oublier toute cette actualité si triste, jusqu'au moment où l'un des acteurs s'est mis à pleurer des larmes de diamant. Nous avons tous sursauté, bien sûr !

Hubert jeta un regard consterné à son épouse. Le mot qui fâche avait été prononcé. De son côté à lui de la table, il avait pourtant fait tout son possible – et Dieu sait qu'il avait du mérite, vu le voisinage charmant mais très au fait de ce genre de sujet qu'on lui avait imposé. Vaillant soldat, il avait tenu le flanc est. Était-ce sa faute si le flanc ouest avait cédé ? Hedwige avait manqué de vigilance. Il l'aurait parié. Incapables de se tenir, ces jeunes gens. Ah il était beau, l'avenir de la France, si c'étaient des personnes aussi mal élevées qui l'incarnaient.

En retour, Hedwige lui envoya par-dessus la nappe damassée une mimique haineuse. C'était bien la peine de changer de boucles d'oreilles, rageait-elle, prise subitement d'une nostalgie quasi amoureuse pour cette paire de brillants qui, c'était évident, auraient bien mieux mis en valeur cette triste robe noire.

Le mot tant redouté avait réussi le prodige de transformer l'atmosphère du dîner. Les apartés avaient soudain cessé, et la conversation était devenue générale, comme si tout le monde savait qu'on finirait par en arriver là. Autour de la table, les questions s'entrechoquaient.

— Depuis quand n'a-t-on plus le droit de recevoir des cadeaux ? s'indigna un avocat connu pour ses goûts de luxe.

— C'est quoi au juste, la différence entre une plaquette et une barrette ? demanda un homme en se tournant vers celle des cinquante qui démarrait sa carrière dans la joaillerie.

— C'est ce silence, surtout, cet interminable silence, qui est incompréhensible. S'il n'a rien à se reprocher, pourquoi le Président ne se défend-il pas ? émit la belle-sœur d'Hubert.

— Il ne va tout de même pas s'abaisser à répondre à ces calomnies, lui répliqua un journaliste du *Figaro.* On lui fait le coup du collier de Marie-Antoinette : quel manque d'imagination dans la presse de gauche !

— Sur mon île, déclara l'écrivain aux origines corses, il y a un proverbe qui dit : « Garde le silence, et le silence te gardera. » Ce qui est valable pour les bergers l'est aussi pour les chefs d'État. Je ne blâme donc pas son comportement.

La fenêtre ouverte par cette citation – sur le ciel bleu, les eucalyptus roses, le maquis aux odeurs incomparables, sur cette terre bénie des dieux en somme – fut refermée d'un commun accord. À vrai dire, en cet automne pourtant sinistre, tout le monde s'en fichait. Que les Corses vénèrent le silence, c'était leur choix ; ici, à cette minute, douze Parisiens indécrottables avaient besoin de savoir.

— Il doit quand même être gêné aux entournures, notre Président, lui répondit Francis. C'est bizarre, cet homme qui refuse de s'adresser au pays, alors que le pays ne parle que de ça. La preuve : ce soir, autour de la table, tout le monde a un avis sur la question.

Les regards se tournèrent vers Elisabeth :

— Vous qui travaillez dans un grand magazine, vous devez être au courant. Qu'en est-il au juste ? Que peut-on reprocher au Président ?

Elisabeth dit le peu qu'elle savait : trois fois rien, un cadeau sans importance et sans valeur, rangé dans un tiroir et oublié depuis, mais à force de ne pas répondre, le Président avait fabriqué de la curiosité, de l'incompréhension et du malaise – bref, une affaire. Que nul ne savait s'il s'expliquerait un jour. Et que ce n'était pas très drôle, ces temps-ci, le métier de journaliste politique.

Hubert et Hedwige se contentaient de suivre ces échanges, tournant la nuque de gauche à droite comme s'ils assistaient à une finale de Roland-Garros. Ils étaient sidérés par cette discussion qu'aucun fil mondain ne semblait plus barbeler.

L'écrivain, déçu que son proverbe corse n'ait pas eu le succès qu'il méritait auprès de ces continentaux obtus, avait profité de la cacophonie pour méditer une réplique marquante.

— C'est en tout cas la première fois que le silence est devenu un sujet de conversation.

Hedwige était aux anges. *Le Nouvel Obs* avait eu du flair : quel talent, cet écrivain ! Elle s'était renseignée : prix Fénéon, prix Femina, tout ça à moins de quarante ans. Ce garçon finirait à l'Académie française que ça ne l'étonnerait pas. Elle se promit de resservir la formule dès le lendemain, lors de sa partie de tennis hebdomadaire avec ses trois plus proches amies, *comme me le disait un des cinquante hier soir, oui figurez-vous que j'en avais trois à la maison, je n'ai pas pu vous faire signe hélas* (elle accompagnerait cette phrase d'un sourire faussement navré), *vous savez bien que ma table ne supporte pas plus d'une rallonge, donc comme me disait ce garçon vraiment brillant, le silence est devenu un sujet de conversation, c'est joli, vous ne trouvez pas ?*

Enthousiasmée par cette réplique dont elle avait bien évalué la cote sur le marché de la conversation mondaine, Hedwige saisit le bras de son voisin et lui murmura, *Cher Angelo, si je peux me permettre cette familiarité, j'espère vous revoir souvent.* Ce bref contact physique lui procura des frissons délicieux.

Les papillons dansaient la sarabande à présent. Quel dommage que. *Et d'ailleurs,* dit-elle autant pour lui que pour les papillons, *je vous lis toutes les semaines dans* L'Express. *Si bien que j'ai déjà l'impression de vous connaître fort bien…* Les compliments glissaient sur son sourire de bonze. Il parlait à présent pour le Public, c'est-à-dire, en cette minute auguste, douze personnes coincées entre le fromage et le dessert.

Angelo suivait son idée. Il avait l'air de réfléchir en même temps qu'il énonçait des mots lents, comme pesés à l'aune de son intelligence. *Plus le Président se tait, plus on parle de lui. Plus on attend de lui des explications, plus il reste silencieux. C'est shakespearien au fond, toute cette affaire. Elle me rappelle le roi Lear exaspéré par le silence de sa dernière fille qui, au contraire de ses deux sœurs, refuse de lui déclarer son amour.* Shakespearien ! Ce qui est bien avec les écrivains, c'est qu'ils élèvent le débat. Hedwige trouva que cet adjectif avait un chic fou. Décidément, elle allait pouvoir briller demain au Polo.

L'esprit d'Hedwige swinguait, bercé d'idées neuves et de répliques mémorables. Pas autant cependant que celui d'Hubert qui, malgré toutes ses résolutions, avait eu la main lourde sur le médoc. Sa femme le trouva déprimant avec ses certitudes et sa détestation de la modernité. Ce dîner était en train de la transformer. Elle se demanda si le silence n'était pas le nouvel étalon de la pensée politique, comme l'impôt ou le contrôle des changes autrefois : il y a ceux qui le pratiquent et ceux qui y sont hostiles. Ses yeux brillaient de plus en plus, ses dents se découvraient jusqu'aux gencives, elle sortait de son rôle de maîtresse de maison placide, cherchant ses mots, hésitant, c'était à son tour de proférer une phrase dont on se souviendrait, puis déclara :

— Ce silence n'est vraiment pas décrispé !

À sa gauche, Alain ranimait les papillons assoupis.

— Comme c'est fin, comme c'est joli cette analyse, chère amie ! Qui pouvait prévoir il y a cinq ans que tant de crispation succéderait à tant de jeunesse ?

Les papillons se calmèrent lorsqu'il tenta de surenchérir après les propos brillants de l'écrivain :

— Rarement un silence n'a fait autant de bruit.

Si c'était pour proférer une telle banalité, il valait mieux se concentrer sur la charlotte au chocolat qui avait commencé son circuit obligé autour de la table. Les papillons ont eu chaud : on a frôlé le cliché. S'il avait parlé d'un *silence assourdissant*, Hedwige le rayait de ses listes pour les dix prochaines années.

Hedwige décida que, dès demain matin, elle aborderait le notaire du boulevard Saint-Germain. Les papillons seraient à la fête. Quant à Hubert, il s'était complètement désintéressé de la conversation et avait en son for intérieur pris la décision de ne pas proposer de cognac à ses invités, histoire de gagner son lit quelques minutes plus tôt. *Tisane ou déca et bonne nuit à tous. Ne me remerciez pas, c'est Hedwige qui a tout fait. La minuterie est sur votre gauche. À bientôt j'espère. Comme disait ma grand-mère, les heures de sommeil prises avant minuit comptent double.*

Hélas pour lui, les invités s'attardaient, avaient encore des choses à se dire, et Hedwige, manifestement ravie de son dîner, ne faisait rien pour hâter la cérémonie des adieux. Le manège de son époux, qui soulevait une crémone, montrait le plateau d'orangeade à son employée de maison, regardait sa montre, la laissait indifférente. Elle ne s'était pas autant amusée depuis longtemps.

C'est dire si elle fut déçue comme un enfant à qui l'on retire son cadeau des mains lorsque certains firent mine de se lever, emboîtant le pas à Elisabeth qui déclarait qu'elle avait un « papier urgent » à terminer. Francis en la quittant lui murmura, *très bien, ton dîner, on en reparlera samedi, tu n'as pas oublié que je t'emmène au Palace pour la*

# 7

## *Le night-clubber*

jeudi 1er novembre 1979

*soirée Halloween – Ma chérie, c'est en quelque sorte le Mardi gras des Américains, on va s'amuser comme des fous…* – et bien sûr qu'Hedwige n'avait pas oublié, elle avait planté avec soulagement Hubert devant le poste de télévision, un numéro des « Dossiers de l'écran » consacré au procès de Riom, *quelle bonne soirée tu vas passer mon chéri, il y a de la tisane dans la Thermos si tu en as envie*, et rejoint Francis rue du Faubourg-Montmartre, Francis qui avait opté pour le « total-look-citrouille », pantalon et chemise orange, Francis qui redoutait une déconvenue, quelques jours plus tôt, trois mille Tout-Parisiens s'étaient retrouvés sur le carreau avenue des Champs-Élysées, le soir de l'inauguration du Club 78 (que certains irréductibles appelaient encore le Lido), et l'avaient eue mauvaise, les refoulés s'étaient consolés en prétendant qu'à peine ouvert il était déjà démodé, qu'il ne tiendrait pas un an contrairement aux Bains Douches qui venaient de fêter leur premier anniversaire, mais rien de tout ça ce soir, Jenny

Bel'Air leur sourit, c'est la physionomiste du Palace, c'est en tout cas le mot qui figure sur sa fiche de paie, l'Administration met tout le monde dans une case, mais la vérité c'est que cette métis travestie est chaque nuit l'impératrice de ce bout de trottoir où elle a droit de vie et de mort sur ses sujets, Jenny les a tout de suite fait pénétrer dans la boîte de nuit où Grace Jones chantait « La Vie en rose », tout le monde n'a pas eu leur veine et derrière eux un gigolo accompagné de sa proie s'est fait refouler par cette remarque grinçante, *on ne sort pas avec sa mère, elle devrait être couchée à une heure pareille*, et où le maître des lieux, *c'est Fabrice, mon chou, pas besoin de faire les présentations je suppose ?* accueille Hedwige d'un tonitruant : *Qu'est-ce que vous prendrez, bébé de rêve ?* (puis, sans lui laisser le temps de répondre :) *Et si on se champagnisait à mort ?* il est tôt encore, onze heures à peine, et seuls des jeunes gens très convenables se trémoussent sur les airs disco, Hedwige croise des amis de Charles-Henri qui n'en reviennent pas de la trouver là, les naufragés des dîners mondains ne débarqueront que vers minuit, suivis à une heure par les vrais noctambules, qui ont suivi à la lettre les recommandations vestimentaires du carton d'invitation, et évolueront au milieu des citrouilles creuses abritant des lampes, lucioles réjouissantes dans cette foule de macchabées, oui ce soir-là on verra bien que tous les noctambules de Paris se sont lâchés, toutes les occasions de se travestir sont bonnes à prendre, Hedwige croisera une Cléopâtre barbue, des bonnes sœurs en bas résille et talons aiguille dont les visages s'ornent de moustaches pailletées, la fête enfle, on ne peut presque plus marcher, *Tu as vu Pilar ? elle est juste démente ce soir*, il se murmure qu'au sous-sol, la fanfare des Beaux-Arts joue toute nue, il faudrait qu'on aille vérifier quand même, l'ambiance monte, les danseurs s'interpellent, se comparent, plaisantent entre eux : *Et si Mesrine était parmi nous ? Déguisé en fantôme ou en sorcière ? Ayant rasé sa moustache et s'étant affublé d'une perruque ? Oh la vilaine, elle croit qu'elle va me faire peur ?* et sous chaque couvre-chef, soupçonner le visage de l'ennemi public numéro un en cavale procure un frisson exquis, on aurait eu tort de se priver, au motif que toute la France a peur ces jours-ci, surtout ne pas écouter les grincheux qui prétendent que cette soirée ne vaut pas le bal Sissi Impératrice, *trois cents moustachus en crinoline, on s'en souviendra longtemps*, ou que le Palace ne va pas supporter la concurrence de La Main Jaune sur le point d'ouvrir, parce que les patins à roulettes, c'est quand même une idée de génie, mais enfin, on s'amuse bien, et dans cette boîte où il faut hurler pour se parler, le silence, enfin, semble être vaincu, et Hedwige a perdu Francis qui a foncé aux toilettes, *Chérie je reviens dans cinq minutes*, il descend à l'entresol, sous l'escalier du fumoir, entend le bruit des brèves étreintes qui ont trouvé asile sur les lunettes blanches, s'enferme, il inhale la poudre blanche trop vite, s'aperçoit qu'il saigne, il a dû s'écorcher avec la paille, passe devant la dame-pipi avec des yeux révulsés, Marité a l'habitude et s'en fiche pourvu qu'il n'oublie pas de jeter sa pièce de dix francs dans la sébille, Marité en a vu bien d'autres, les toilettes transformées en chambre d'amour ne la choquent pas plus que ça, mais lorsqu'elle pressent derrière la porte qu'une seringue est en train de sa planter dans une veine et d'y rester un peu trop longtemps, elle ouvre avec son passe et va faire vomir le quidam, il ne manquerait plus qu'on meure ici, le patron est au mieux avec la Mondaine mais il ne faut pas exagérer, elle a de la poigne Marité parce qu'elle a été déclarée à l'état-civil sous le prénom de Pedro trente-quatre ans plus tôt et qu'il lui en reste quelque chose, elle a fait du chemin depuis Alcantara, à Paris on recrutait du personnel de maison espagnol, et puis Fabrice Emaer, lassé de voir son valet de chambre servir ses invités affublé d'une mantille noire et les yeux ourlés de mascara, l'a élevé à la dignité de dame-pipi, activité hautement lucrative qui l'arrange bien, parce qu'elle est sérieuse et économise pour acheter un caveau de famille sur la Costa Brava, alors les dix francs ne resteront pas dans les poches, Marité traque les fraudeurs en conservant un port de tête calqué sur celui de la reine Fabiola, son modèle, son idole – elle découpe ses photos dans *Point de Vue* et en tapisse sa chambre –, ainsi qu'une grâce mondaine à peine atténuée par son jean clouté, tout ça c'est des préjugés d'autrefois, il faut vivre avec son temps n'est-ce pas ? Francis, pas trop défoncé encore, la complimente sur sa nouvelle couleur de cheveux, Marité rougit modestement, ce qui ne se voit pas sous le fond de teint abricot, il retourne sur la piste de danse où on est encore entre soi, les Brésiliennes du bois de Boulogne n'arriveront pas avant six heures du mat, impossible de retrouver Hedwige, a-t-elle croisé un de ces dealers qui avaient des mines d'épiciers de luxe et lui présentaient leurs échantillons en murmurant : *Ce mois-ci, nous avons un délicieux afghan, souple et noir,* il attrape au vol des bribes de phrases hurlées par-dessus les notes de musique, le Président préfère peut-être le silence lugubre des restaurants de province au brouhaha des cafés, au babil des cours de récréation, au raffut des manifestations, c'est son affaire et on s'en fiche, mais ce soir le silence n'est pas le bienvenu, il ne résistera pas face au rire ni au goût immodéré de la farce, au Club 78 pendant la fête du journal *Hara-Kiri* Coluche a claqué trois briques pour s'asseoir sur le trône de Bokassa, il l'a emporté face au baron Empain qui pourtant brandissait un chèque en blanc, mais Francis devine que malgré tout, le silence renaîtra à l'aube, la fête finie, silence tenace, têtu, obstiné, les petites frappes en mal d'étreintes rapides s'agglutinent autour de lui, il les repousse, n'a pas la tête à ça, *je suis une folle flapie ce soir*, la cocaïne l'a plongé dans un dôle d'état, des pensées incongrues lui traversent l'esprit, il se dit que l'heure d'été est vraiment la réforme la plus géniale du Président, il fait encore jour quand on entre dans la boîte et déjà jour quand on en sort, pas de pétrole mais des idées et celle-là était rudement bonne, oui c'est la seule innovation du septennat qui survivra, il paraît que les vaches le vivent très mal, ce changement, et que ça rappelle à certains de mauvais souvenirs, les Boches aussi avaient décrété l'heure d'été, mais franchement ici, il n'y a ni vaches ni individus qui ont connu la guerre, le baby-boom ça vous dit quelque chose, il replonge dans la foule qui se trémousse, se déhanche, hurle des phrases que personne n'entend, Hedwige est introuvable, il retourne aux toilettes, elles sont bondées, Marité est aux anges, le caveau sera deux fois plus grand que prévu et elle peut possiblement envisager d'y rajouter des colonnes en stuc, pour la couleur elle hésite encore, des gars baraqués comme des déménageurs remodèlent leur banane à la vaseline, les filles s'échangent des rouges à lèvres ou des tubes de lubrifiant en jacassant, Francis s'enferme, met dix bonnes minutes à dégager sa narine bouchée, puis inhale à nouveau la poudre blanche, il a d'un seul coup les paupières écarquillées par des crochets invisibles, la poudre se fraie un chemin jusqu'à son cerveau, le bord de ses narines est à vif, il a l'impression que ses pensées sont devenues lucides, et même extra-lucides, rien ne lui fait peur et tout l'amuse, il remonte dans la salle, l'air est saturé de musique et de fumée, il aperçoit Hedwige de loin, elle danse une cigarette à la main, « Les Dossiers de l'écran » doivent être finis depuis longtemps déjà mais elle se souvient à peine du prénom de son mari, il s'approche d'un groupe de travestis mêmement plongés dans un brouillard fastueux, une toile d'araignée invisible recouvre les défoncés, frères d'une nuit, les années quatre-vingt, qu'il faut prononcer *eighties,* c'est pour demain disent-ils, pas sûr que ce soit une bonne nouvelle, c'est même plutôt angoissant, on les a beaucoup aimées, ces années soixante-dix, on a aimé la liberté, le gauchisme, les hippies, les baba-cool, cette nouvelle décennie qu'on nous annonce technologique, synthétique, en un mot moderne, elle nous fait peur, et soudain la panique traverse le groupe, qui voudrait arrêter le temps, ne jamais arriver à ce 1er janvier 1980 inéluctable, à ce futur éclairé aux néons et peuplé de robots qui ne risquent rien d'autre que la rouille, non on ne veut pas être modernes, passe-moi ton joint que je me désinquiète, il est déjà six heures, la boîte s'est vidée, ne restent que des épaves allongées sur les banquettes, qui vomiront deux heures plus tard dans le caniveau puis, indifférents à l'asphalte souillée, iront prendre un café au bistrot du coin où les derniers fêtards croiseront les premiers travailleurs en s'ignorant, Francis préfère rentrer chez lui, il s'est souvenu que demain c'était vendredi, le jour

# 8

## *Le pilier de bar*

vendredi 2 novembre 1979

où il doit retrouver, comme chaque mois, celui qu'on n'appelait plus que « ce pauvre Régis ». Au comptoir du Brazza, encore désert à cette heure de la matinée, Régis attaquait son troisième pastis. Dans son dos, un client avait appuyé sur la touche F23 du juke-box qui crachait « Born To Be Alive », le tube de l'été précédent, sans que personne s'offusque de cette étrange programmation le Jour des morts. La salle empestait la Gauloise sans filtre. Dans la rue, sous le ciel fardé de gris de ce début novembre, des familles endimanchées et chargées de chrysanthèmes passaient sans un regard pour le bar-tabac.

Quand Francis entra dans le bar, Régis, accoudé au comptoir, déclarait d'une voix pâteuse, en froissant le numéro de *France-Soir* de la veille :

— Tout ça finira mal, regardez le shah, on commence à Persépolis et on termine en exil à l'autre bout de la Terre…

Habitué qu'il était à la mauvaise humeur perpétuelle de son meilleur client, le patron continuait à rincer des verres d'un geste mécanique. Régis interrompit l'accolade fraternelle pour dire : *On parlait de la mort de Robert Boulin, tu as vu qu'on a retrouvé son cadavre il y a deux jours dans un étang de la forêt de Rambouillet, tu ne trouves pas que ça fait beaucoup d'affaires tout ça*[1] *?*

Francis et Régis s'étaient connus dans un sinistre pensionnat des environs de Paris. Les colles partagées, l'évitement commun des regards lubriques que leur lançaient les surveillants, les dimanches soir cafardeux passés à se souvenir de la moindre minute du week-end écoulé, tout cela avait scellé une amitié à la vie à la mort. Fils de famille pareillement cancres et pareillement optimistes quant à leur avenir : dans la France des années soixante, le chômage était rare.

Régis avait toujours fait figure d'original. Ce garçon un peu mou, un peu rêveur, qui lisait pendant des heures et collectionnait les baromètres, détonnait dans une famille où chaque rejeton, à un moment donné,

1. On expliquait le « suicide » du ministre du Travail par la campagne de presse menée contre lui par *Le Canard enchaîné* (toujours lui !) qui avait dénoncé son achat peu orthodoxe d'un terrain à Ramatuelle. Sylvain et Agnès avaient vu débarquer dans leur café des journalistes piteux, secoués par ce drame dont certains les rendaient responsables. À commencer par le secrétaire général du Parti communiste qui s'était aussitôt indigné en dénonçant des affirmations sans preuves et des allusions perfides – une addition nauséabonde qui avait abouti à la mort d'un homme. Mieux valait entendre ça que d'être sourd : Georges Marchais avait une dent contre *Le Canard* depuis que celui-ci avait révélé son séjour en Allemagne pendant l'Occupation.

se lançait « dans les affaires », qui étaient souvent les affaires paternelles. Mais Régis ne montrait aucune disposition pour les chiffres. À l'école, la seule matière où il avait toujours décroché de bonnes notes, c'était le français. Il rédigeait d'interminables rédactions avec enthousiasme. Souvent, le professeur lisait à haute voix ses copies au reste de la classe, assortissant sa lecture de commentaires élogieux, belle imagination, grand sens du romanesque, style classique mais dépourvu d'ampoule. Son cœur se gonflait d'orgueil, son rêve secret était de devenir un écrivain célèbre. *Le droit mène à tout, souviens-toi de Baudelaire,* lui conseilla son père, sitôt que Régis eut décroché dans la souffrance son bachot. Les trois années qu'il passa à étudier le Code civil et la jurisprudence de façon distraite ne lui apprirent rien. À vingt-cinq ans, Régis vivait toujours chez ses parents et *faisait la bringue*, selon leur propre expression, au-delà des limites d'âge tolérées par la société.

Convoqué un soir par son père, il fut prié de se trouver sur-le-champ un métier, un bureau et un salaire. Ce père avait de l'amitié pour son fils. Et il arrive souvent qu'un peu d'amitié fasse basculer un destin. *Tu n'as aucun diplôme, mais tu sais écrire,* c'est déjà ça, avait analysé son père. Devant lui, il appela maître Molyneux, *Cher ami, un grand service à me rendre, c'est un garçon intelligent mais il cherche encore sa voie, à l'essai bien sûr, dès lundi matin, je vous revaudrai ça n'en doutez pas.* Lorsque l'ultimatum paternel avait mis fin à ses années de virées nocturnes, la perspective de subir des contraintes, des horaires, une hiérarchie l'avait d'abord consterné.

De méchante humeur, il s'était rendu, le lundi 3 mars 1969, chez l'avocat du Tout-Paris. Cigare à la main, costume croisé, parole directe : son futur patron lui avait expliqué ce qu'il attendait de lui. *Dans l'état actuel de la loi, pas de faute, pas de divorce. Le désamour n'a aucune valeur juridique. Jetez un œil sur ce Code civil, vous y trouverez des exemples de fautes qui rendent possible un divorce. Vous verrez, il n'y a pas énormément de choix. Pour que la faute soit admise par le juge, il me faut des preuves, c'est-à-dire des témoignages. J'ai besoin de quelqu'un qui soit capable de rédiger de fausses lettres de dénonciation que je pourrai verser au dossier. Votre père m'a dit que vous saviez écrire, j'espère que vous ferez l'affaire.*

Le lendemain, mardi 4 mars, Régis s'installait dans un bureau minuscule avec trois stylos et un dictionnaire des synonymes, dans lequel il avait à tout hasard souligné ceux du mot « faute » : démérite, écart, égarement, erreur, peccadille, péché, manquement, mauvaise action, maladresse, méprise, négligence, omission. Son bon vieux *Robert* lui avait aussi fourni les synonymes du langage familier (fam.) : bavure, boulette, connerie, gaffe. Muni de ce mince viatique, il s'attaquait à son premier dossier. Le vendredi 7 mars, il voyait avec consternation le week-end arriver. Le lundi 10 mars, de retour au bureau guilleret, impatient, enthousiaste, il devait bien admettre qu'il avait enfin trouvé sa voie.

Inventeur de péchés, créateur de turpitudes, accélérateur de procédure – Régis ne savait pas très bien comment définir son métier lorsque ses amis, plus classiquement casés dans des banques ou des sociétés industrielles, lui demandaient en quoi consistait son activité. Ce qui était certain, c'est qu'il s'était vite pris de passion pour ce travail. Son père ne s'était pas trompé.

Ah, les belles années passées boulevard Malesherbes ! Régis se plongeait dans chaque affaire avec l'enthousiasme d'un romancier qui décide du sort de ses personnages, imagine des rebondissements, fait peser le fardeau d'une faute sur l'un ou fait disparaître l'autre par commodité. Dieu le Père, en somme. Ce garçon qui ne connaissait de la vie que les différentes recettes de cocktails et les innombrables façons de faire tomber les filles s'avéra très vite doué d'une imagination et d'une sensibilité sans limites. Il décrivait à la perfection des situations qu'il n'avait jamais vécues, n'ayant jamais été marié (et, au regard de ce qu'il apprenait dans son travail, ne comptant pas l'être de sitôt).

Sensible au temps comme il l'était, il choisissait la nature de la faute du jour en fonction de la couleur du ciel. Par chance, il avait emménagé sous les toits, dans un petit appartement de la rue Froideveaux. Chaque matin, avant de s'engouffrer dans le métro, il ouvrait sa fenêtre et scrutait l'horizon par-delà les ardoises grises. Quand la capitale avait fardé ses paupières de bleu, il dénonçait un scandaleux abandon du domicile conjugal (« Il a rempli une valise et m'a dit : tu ne me reverras jamais… »). Lorsque Paris avait des cernes et des larmes autour des yeux, il optait pour un adultère particulièrement humiliant (« Je me suis aperçu que mon épouse passait ses après-midi à l'hôtel qui fait le coin de la rue, alors qu'elle était censée s'occuper de sa mère malade… »). Si le ciel de la ville oscillait entre rire et larmes, et que des nuages aussi changeants que l'humeur des femmes pouvaient tout aussi bien disparaître que se transformer en averse, c'étaient des sévices et des insultes graves attestés par les plus proches (« Je certifie sur l'honneur que monsieur X a traité à plusieurs reprises sa femme de putain et que j'ai souvent entendu des bruits de coups… »). Cette stratégie avait ses inconvénients : les demi-saisons, avec leurs journées incertaines, où l'on pouvait basculer de l'éclaircie à l'ondée, étaient celles où sa tâche était la plus ardue. Il allumait alors la radio pour en savoir plus. Ciel de traîne, confirmait le présentateur à l'accent cairote. Ces jours-là, il tergiversait longtemps avant de choisir dans sa panoplie quelles fautes il dénoncerait au juge.

Nul ne soupçonnait, parmi ces ménages pressés d'en finir, combien leur sort avait dépendu d'une dépression au large des Açores ou d'un anticyclone.

Les caprices de la météo guidaient donc son inspiration. Ainsi, à l'automne 1970, qui fut superbe, les juges furent frappés du nombre de leurs concitoyens qui avaient quitté le domicile conjugal. Ils s'interrogèrent sur les causes de cet exode, se demandèrent s'il avait un lien avec la mort du général de Gaulle au début du mois de novembre : maintenant que le père de la nation n'était plus, sans doute les époux se sentaient-ils libres de déguerpir. C'était là encore, soupirèrent les magistrats, une certaine idée de la France qui s'évanouissait. La méthode, pour être fort peu orthodoxe, n'en était pas moins efficace. Des couples englués depuis des années dans une procédure interminable retrouvaient la liberté grâce à son talent. Il avait, au fil des mois, accumulé toute une palette de personnages dont il se servait à tour de rôle en fonction de son inspiration. Les lettres étaient ainsi rédigées par la femme de ménage (très bien, le témoignage du personnel, il est le mieux placé pour connaître le quotidien des couples), la concierge de l'immeuble, les amis d'enfance, les collègues de bureau, ou même le médecin de famille, qui pouvait témoigner de la présence d'hématomes. Mais ce qu'il préférait, c'était lorsqu'il se mettait à la place des candidats au divorce : il était pareillement convaincant en épouse bafouée et en mari exaspéré.

Dans l'écheveau des vies où la passion, l'amour et même la tendresse sont aussi mortelles que ceux qui les éprouvent, il se sentait utile. Sans lui, combien de ménages auraient continué à se regarder d'un œil mauvais, à se supporter sans joie, à tenir pour inévitables tant de renoncements ? À avoir tout oublié, jusqu'au trouble exquis d'autrefois, lorsque l'autre mettait sa clé dans la serrure ? À accepter le quotidien ponctué de propos sans flamme, la tête tournée vers le mur dès l'extinction des feux, le ressentiment qui gagnait comme une épidémie ? Il se souvenait des tragédies étudiées à l'adolescence, Racine, Corneille, les passions éternelles : il était ce que les classiques Larousse, lus jusqu'à la trame, appelaient le « deus ex machina » – le coup de pouce du destin. Ce rôle l'enchantait.

Régis avait acquis un savoir-faire unique, évoquant des fautes sans jamais les nommer, multipliant les détails, les petits faits vrais, j'ai trouvé des cheveux blonds sur le col de sa chemise, elle a changé de lingerie et de coupe de cheveux, si ce n'est pas un signe, trois mois qu'il n'a pas mis les pieds à la maison, les enfants le réclament tous les soirs. Divorcer, c'était toute une histoire. À lui de l'imaginer. Chaque jour, c'était un nouveau roman qu'il devait écrire, de nouveaux caractères qu'il devait esquisser, et même de nouvelles écritures qu'il devait inventer. Régis était si scrupuleux dans son travail qu'il redoutait que deux affaires soient jugées par le même magistrat. Aussi variait-il les calligraphies, passant des élégantes lettres anglaises aux nerveuses pattes de mouche, n'hésitant pas à inclure quelques fautes d'orthographe dans les lettres prétendument rédigées par les femmes de ménage ou les concierges.

Lorsque maître Molyneux le félicitait, il revivait les scènes d'autrefois, lorsqu'on le complimentait devant toute la classe. L'estrade avait changé d'adresse, mais le frisson était le même. Il ne sortait presque plus, trop absorbé par sa tâche, goûtant le silence de son petit appartement où il pouvait échafauder de nouveaux drames. Rien ne l'intéressait plus hormis ce qui pouvait nourrir son imagination. Le cinéma et le théâtre, lorsqu'ils avaient pour sujet un drame passionnel, pouvaient seuls le faire sortir de chez lui. Il ne ratait jamais les représentations des pièces de Sacha Guitry, trouvant dans leur marivaudage une source d'inspiration précieuse.

Pendant cinq années, Régis avait été le plus heureux des hommes.

Et puis la catastrophe était arrivée. Elle avait un visage, celui du garde des Sceaux, et un nom, le Progrès. Le nouveau Président avait en effet chargé son ministre de préparer une loi qui allait rendre possible le divorce par consentement mutuel. Il s'agissait, disait-il, de mettre la loi en conformité avec l'évolution des mœurs. D'en finir avec ce qui était qualifié de *comédie judiciaire*. Il fallait admettre que l'on ne pouvait plus tenter de rafistoler ces mariages où le sexe, la curiosité et l'admiration avaient laissé la place à la bonne camaraderie et aux cuisines tout équipées. Il fallait que les ruptures puissent se faire à l'amiable.

Régis ne voyait vraiment pas en quoi cette nouvelle loi représentait un progrès. Elle le mettait hors de lui. Lorsque les uns ou les autres se réjouissaient de déserter le château des années, il aurait voulu leur dire : *Alors comme ça on va se quitter bons amis ? On va balayer par un simple rendez-vous devant un juge tout ce temps de vie commune, le coup de foudre, la grande fête de famille dans un jardin en province, l'attente des enfants, le quotidien parfois pesant, le frigidaire à remplir chaque jour, la table à dresser, les chaussettes à laver, la perte du désir, la fraternité sans éclat ? Quand le battement de cœur a disparu et qu'il ne reste que la corvée des jours, la corvée de la vie, il faudrait rayer toutes ces années d'une signature bâclée ? C'est ça, le progrès ? On va maintenant se dire au revoir sans manières, sans drame, sans histoire ?*

Cette réforme le mettait hors de lui.

Tous les fondements de son métier, d'un coup, allaient être sapés par la marée du changement. Désormais, on aurait le droit de cesser d'aimer ; de se quitter pour rien, ou presque rien, par lassitude, par envie de changer de vie, par conviction que le bonheur se loge ailleurs. Le projet prévoyait même la dépénalisation de l'adultère. L'adultère, qui avait inspiré tant de romans, qui lui avait fait écrire ses plus belles lettres chez maître Molyneux, l'adultère ne serait plus un crime ? Emma Bovary ne mérite plus la prison ? Et Madame de Rénal, on va la féliciter peut-être ? Il s'en étranglait de rage.

Et se sentait très seul et très incompris, car la plupart de ses amis saluaient au contraire l'intelligence et l'urgence de cette réforme ; et confessaient souvent leur admiration pour le courage d'un Président qui n'avait pas eu peur de froisser son électorat. Même ceux qui n'avaient pas voté pour lui applaudissaient la réforme.

Il faut dire que, mariés depuis plusieurs années maintenant, ils savaient bien qu'elle les concernerait peut-être un jour prochain.

Des manifestations d'opposants au projet s'étaient organisées au cours du printemps 1975. Tous les arguments étaient avancés pour contester la réforme. Une loi qui favorise le divorce ! Autant dire qui met en péril les fondements mêmes de la société ! Une loi qui instaure un divorce pour rupture de la vie commune ! Autant parler de répudiation et se retrouver au temps des sultans polygames… Ce qu'on appelle le progrès n'est rien d'autre qu'un retour aux pratiques les plus archaïques de l'humanité, clamaient les manifestants.

Des rassemblements avaient eu lieu. Régis y avait participé bien sûr, scandant des slogans hostiles à la réforme, vomissant avec conviction le nom de Jean Lecanuet[1]. Il avait rencontré des hommes et des femmes sincèrement indignés par une loi qui, pensaient-ils, favoriserait les divorces, encouragerait le délitement des mœurs, troublerait l'ordre public. C'étaient les mêmes qui, un an plus tôt, s'étaient arc-boutés contre la suppression de la censure, avaient perdu leur combat et avaient dû, horrifiés, observer les longues files d'attente qui se formaient devant les cinémas où l'on projetait *Emmanuelle*. Les mêmes qui furent obligés, des mois durant, de hâter le pas et de poser une paume pudique

1. Le premier garde des Sceaux du Président passait pour avoir introduit le sourire dans la politique française. Avancée majeure ! Pour défendre une réforme qui ne l'enthousiasmait pas plus que ça, il avait eu besoin de toutes ses dents – il les avait heureusement très blanches – pour convaincre la majorité qu'il n'était pas dans ses intentions d'encourager la désagrégation des familles.

sur les yeux de leurs enfants lorsqu'ils apercevaient de loin l'affiche où les cuisses de Sylvia Kristel s'épanouissaient dans un fauteuil en osier. C'est dire à quel point leur hargne n'avait pas eu le temps de faiblir.

Régis avait connu l'excitation et la fatigue du trajet République-Bastille, la fraternité éphémère des nuits passées à peindre des banderoles, l'illusion de penser qu'il n'avait pas éraillé ses cordes vocales pour rien et que là-bas, du côté de la place Vendôme ou du Faubourg Saint-Honoré, ces cris de colère seraient entendus. Il s'était bien gardé d'avouer à ses compagnons d'asphalte que sa motivation était toute particulière : si cette loi était votée, il perdrait son emploi. Il les laissait croire que leur foi outragée était aussi la sienne.

Tous les arguments étaient bons. Régis avait même appelé Dieu à sa rescousse – alors qu'Il n'avait jamais été très présent dans sa vie, reconnaissons-le –, prononçant des phrases définitives et émouvantes sur l'indissolubilité des liens du mariage, ce que Dieu a fait, nul ne peut le défaire, plein d'empathie soudaine pour ce pape qui avait déjà beaucoup avalé avec la loi sur l'avortement, *Où est-elle passée, la fille aînée de l'Église, souvenez-vous comme le Saint-Père a boudé le Président il y a six mois, avec cette nouvelle loi ça ne risque pas de s'arranger. Est-ce qu'on tient vraiment à ce que notre différend avec le Vatican s'amplifie ?*

À qui se fier ? Même Dieu ne lui avait donné aucun coup de main. La loi avait été votée le 11 juillet 1975. Le même jour, maître Molyneux annonça à Régis qu'il se passerait désormais de ses services. Il n'avait jamais été juriste, ne possédait aucun diplôme ; la seule chose qu'il savait faire, c'était de raconter des histoires, de façonner des drames, d'attiser les haines et les rancœurs. Avec le consentement mutuel, il ne servait plus à rien.

Les premiers temps, il essaya de se convaincre que cette période d'inactivité forcée allait lui laisser le temps d'écrire, enfin, le grand roman qu'il portait en lui. Il avait même refusé deux ou trois propositions de travail dans des agences de publicité en arguant de la priorité absolue qui était désormais la sienne. En avait-il assez rêvé, de cette gloire littéraire qui le conduirait du plateau d'« Apostrophes » au restaurant Drouant ! Géographie exquise qu'il arpentait en rêve, forgeant déjà des réponses inoubliables aux futures questions des journalistes. En souvenir de sa brève mais intense période de rapprochement avec le Seigneur, il proclamait en lisant le journal *Pardonnez-leur car ils ne savent pas ce qu'ils font* – même si, au plus profond de son cœur, il n'avait aucunement l'intention de pardonner quoi que ce soit. Il était entré dans une opposition totale au progrès en général et à la droite libérale en particulier.

Six mois après son licenciement, Régis n'avait pas réussi à écrire plus d'une phrase. « Ils croient s'aimer encore, mais l'amour est enfui » : cet alexandrin dont il était très satisfait ouvrait son roman. La suite ne se décidait pas à venir. Il avait beau torturer ses méninges, consulter des dictionnaires de synonymes, relire ses romans préférés, rien ne venait. Tous les vendredis soir, peu après neuf heures et demie, le concerto numéro 1 de Rachmaninov retentissait dans son salon ; c'était le générique d'« Apostrophes », une émission qu'il ne ratait jamais, persuadé que les écrivains qui y défilaient allaient lui livrer leur secret professionnel. Vaste chimère ! Dès qu'il prenait son stylo et tentait de rédiger quelques phrases, son cerveau se transformait en confiture (c'est en tout cas la comparaison qu'il avait utilisée pour décrire cet étrange état de langueur à son père, de plus en plus inquiet de son oisiveté). Lui qui avait écrit avec tant de facilité des centaines de lettres de dénonciation, qui s'était mis dans la peau de ses clients avec une empathie sidérante, ne croyait pas aux personnages qu'il tentait d'inventer. Aucun ne lui semblait aussi crédible, aussi vivant que les hommes et les femmes dont il avait épousé les tourments. Sa prose le décourageait.

Pour tuer le temps, il prit l'habitude de traîner chaque jour un peu plus au café, dans une vague réminiscence de Beauvoir ou Sartre travaillant dans la chaleur du Flore sous l'Occupation. Seule similitude avec sa vie d'avant, le choix du café dépendait du temps qu'il faisait – car sa passion pour les états d'âme du ciel n'avait pas faibli. Un horizon dégagé, une journée qui s'annonçait lumineuse ? Régis s'installait à la terrasse du Nemrod. Des averses à répétition ? Le Chien qui fume lui offrait de confortables banquettes tendues de grenat.

Un temps incertain ? Le Brazza l'accueillait, avec son patron bavard et ses arrivages réguliers de primeurs.

Ni les mânes des grands écrivains, ni sa stratégie atmosphérique ne furent de bonnes fées. On le voyait davantage accoudé au bar qu'assis à sa table. Il buvait de plus en plus et n'écrivait pas une ligne. C'est à cette époque que ses amis commencèrent à le surnommer « ce pauvre Régis », avec la compassion lointaine de ceux qui voient certains contemporains échouer au bord de la route et le lâche soulagement de ne pas avoir connu le même sort. Ils taisaient le dégoût que leur inspirait ce teint qui rougissait, ces traits gonflés par l'alcool, ce regard qui devenait vitreux dès le milieu du jour. Peu à peu, les appels s'étaient faits rares, les amis mariés ne parvenaient plus à convaincre leurs épouses de recevoir Régis à dîner, *Il est insortable, ton vieux copain*, se justifiaient-elles.

Seul Francis lui était resté fidèle et s'astreignait, chaque premier vendredi du mois, à lui rendre visite. C'était sa façon à lui de garder un pied dans une jeunesse qu'il perdait davantage de vue chaque nuit, lors de ses virées dans les boîtes à la mode. En ce 2 novembre triste comme un jour férié, il avait débarqué au Brazza. (Ciel gris mais pas d'averse en vue : il était sûr de ne pas se tromper d'adresse.) Les mains de Régis tremblaient au-dessus du comptoir. Heureux d'avoir un interlocuteur, il parlait sans discontinuer. L'actualité, inépuisable sujet de conversation, le mettait en verve. Francis, qui s'était réveillé avec une monumentale gueule de bois, commanda un double café et un œuf dur. Il n'avait pas très envie d'entendre parler du suicide de Robert Boulin ce matin.

— Quoi de neuf, mon vieux ? De belles affaires, ces derniers jours ?

— La routine. On dit que Philippe Junot n'aurait pas mis fin à sa carrière de séducteur en dépit de son mariage avec Caroline de Monaco. Les lettres sont prêtes. Témoignages irréfutable de Jean Castel et de Régine. Christina Onassis a renvoyé chez lui le petit fonctionnaire soviétique qu'elle avait épousé il y a un an à peine en troisièmes noces. Elle a proféré à son encontre des insultes que tout le personnel a entendues. Un cas facile. La femme de chambre se souvient des mots « voleur » et « minable ». Pour Johnny et Sylvie, j'ai un peu de mal. J'ai lu qu'il avait loué un appartement le temps de sa tournée. J'hésite, mais je crois que je vais choisir l'abandon du domicile conjugal. Reste à trouver le proche qui pourra en attester.

Faute de cas réels pour nourrir son imaginaire, Régis se tenait au courant du moindre battement de cœur des célébrités. Une brouille, une rumeur d'adultère ? Il échafaudait déjà les premières phrases de la lettre de dénonciation qu'il aurait pu écrire si cette fichue loi n'avait pas été votée. C'était plus fort que lui. Il continuait à faire comme si les choses n'avaient pas changé, rédigeait des missives qui ne finiraient sur le bureau d'aucun magistrat. Il fournissait des preuves que personne ne lui demandait. Quel gâchis !

Il écrivait pour rien. Ou plutôt si : pour l'amour de l'art.

Francis avait depuis longtemps cessé de lui faire valoir combien ce travail était vain, de lui répéter qu'il fallait s'adapter aux temps nouveaux. Alors, poliment, il lui demandait à chaque fois des nouvelles de cette activité fictive, ayant compris que le roman, le fameux roman, ne dépasserait jamais le stade du balbutiement. Il décida de changer de sujet. Il parla de ce dont tout le monde parlait.

— Il s'en est passé, des choses, depuis la dernière fois qu'on s'est vus… Qu'est-ce que tu en penses, toi, de cette affaire des diamants ? Tu crois que le Président devrait parler ?

Régis n'attendait que ça. Des idées sur la question, il en avait.

— Son silence, répondit Régis en faisant signe au serveur de remplir à nouveau son verre, c'est inouï… Trois semaines que le Président se tait, jamais vu un truc pareil… J'ai beaucoup réfléchi. Ce silence me fait penser à un cas d'adultère. Déformation professionnelle sans doute. Mais réfléchis : tout colle. Le mari qui, un soir, remarque au cou de son épouse, ou à son poignet comme tu voudras, un bijou qu'il ne connaît pas. Il crie, il demande des explications. Le ton monte. Les enfants se mettent à pleurer dans la pièce d'à côté. La seule chose qu'elle trouve à répondre, c'est que c'est un bijou qu'elle a reçu lorsqu'ils étaient fiancés, pas encore mariés. Elle ajoute que d'ailleurs, ce n'est rien, une babiole, que ça ne vaut pas un clou. Qu'il n'y a pas de quoi en faire tout un plat. Tu penses que le mari se satisfait de cette réponse ! Il est furieux, il continue à crier. Elle se drape dans sa dignité. Elle ne répondra rien de plus. Elle ne s'abaissera pas à donner des explications. Elle n'esquisse même pas un début de mensonge, du genre j'ai retrouvé ces pierres et je me suis souvenue que ma grand-mère me les avait offertes à ma majorité... Non, rien. Puis elle part s'enfermer à double tour dans sa chambre, en le laissant seul avec ses questions sans réponse. Il n'a pas de démenti à quoi agripper ses reproches. Pas non plus de confession qui pourrait donner lieu à une scène de pardon. Rien. Voilà très exactement ce que vit la France, mon cher Francis. La France, c'est ce mari cocu : elle voudrait obtenir des explications et on les lui refuse. On la frustre d'une bonne scène de ménage. On comprend qu'elle soit énervée.

Les clients du café s'étaient tus, écoutant les propos fougueux de leur voisin. Des hochements de tête pardessus les verres de Picon bière signalaient qu'il n'était pas le seul à trouver ce silence incompréhensible. L'un de ses voisins de comptoir abonda dans son sens : *Il n'avait pas de casserole jusqu'à présent, quand il s'en est accroché une, il l'a choisie en diamants. C'est qu'il a les moyens...*

La colère de Régis rencontrait un certain écho.

Au vrai, c'était l'amoureux des mots qui, en lui, était blessé par ce silence. Les mots, les mots qui résolvaient les situations les plus inextricables, les mots qui éclaircissaient les ciels les plus noirs, les mots avaient disparu.

Et ce silence lui rappelait douloureusement celui auquel il était contraint depuis quatre ans et demi, par la force des lois nouvelles. Voilà pourquoi, ces derniers jours, son moral était au plus bas.

— Il ne faudrait pas que cette affaire-là, ajouta-t-il en montrant la une de *France-Soir*, fasse oublier celle dont nous parlons. Ce serait trop facile !

— Tu ne vas tout de même pas aller prendre ta carte du Parti socialiste, fit remarquer Francis en rigolant, habitué qu'il était à l'acrimonie sans fin de son ami. Même si le Président est battu, jamais l'opposition ne reviendra sur cette loi, tu le sais bien. Il faut que tu t'y fasses : dans le monde moderne, il n'y a plus de faute.

— Je crois que cette époque n'est pas faite pour moi, lui répondit Régis. Cette histoire de divorce, c'est le symptôme d'une époque où tout doit aller vite. Être rapide, c'est être moderne. Tant que les divorces n'étaient pas possibles sans faute, cela prenait des années. On se vautrait dans le ressentiment, on prenait le temps de se haïr. Maintenant, bonjour, bonsoir, une signature dans le bureau du juge et la page est tournée.

Francis regarda à nouveau la une de *France-Soir* et fut traversé par une crainte horrible : et si Régis allait se suicider comme Robert Boulin ? S'il décidait de mettre fin à ses jours par haine d'une époque qui l'avait mis au rebut ?

— Il faut que tu te changes les idées. Je suis chargé d'une invitation pour toi. Tu te souviens de Jean-Rodolphe du Trichet ? Je l'avais perdu de vue, mais je l'ai revu l'autre soir dans un dîner chez Hedwige et Hubert. Il organise une chasse chez lui. Son père vient de mourir, c'est lui qui reprend la propriété dans le Cher. Il m'a parlé de toi. Je lui ai dit que je te voyais régulièrement. Il serait ravi si tu pouvais te joindre à nous.

— Un week-end de chasse ! Et on nous fera des cadeaux à la fin ? ricana Régis.

— Arrête de faire du mauvais esprit. Passer deux jours à la campagne te fera du bien. On ne respire plus, dans ces cafés…

— Tu sais bien que je n'ai pas mon permis.

Francis, que la mort de Boulin avait frappé, se disait que l'amitié exigeait qu'il insiste.

— Ne t'en fais pas, il a assez de fusils. Tu suivras les rabatteurs.

— Dans ces conditions…

— Formidable ! Je passe te prendre vendredi en fin de journée. Six heures en bas de chez toi ? On a quand même trois

9

# *Le châtelain*

samedi 10 novembre 1979

heures de route à faire. Mais ça nous rappellera des souvenirs : qu'est-ce qu'on a pu s'amuser chez Jean-Rodolphe autrefois !

Ce trajet les avait ramenés vingt ans en arrière. Porte d'Orléans, ils citaient les noms de leurs professeurs, évoquaient leurs souvenirs d'étudiants plus préoccupés par les filles que par les polycopiés. En traversant la forêt de Fontainebleau, dont les reflets vermillon inondaient le pare-brise, ils se rappelaient les longs week-ends au Trichet, où les parents de Jean-Rodolphe les accueillaient avec tant de gaieté et de gentillesse (*Vous êtes sûrs que vous ne voulez pas rester quelques jours de plus ? Cela nous ferait tellement plaisir...)* qu'ils avaient surnommé l'endroit « la maison du Bon Dieu ».

En quittant l'autoroute à Nemours, ils parlaient avec émotion des dîners aux chandelles dans la grande salle à manger et des plaisanteries douteuses dont ils accablaient les sœurs de Jean-Rodolphe « pour les décoincer ».

À l'approche de Gien, la nuit tombait et Régis, qui observait par la vitre les forêts et les prairies, heureux comme un enfant lorsqu'il apercevait une vache sur le bas-côté (car les vaches sont rares, aux abords des bistrots parisiens), philosophait à voix haute.

— Les diamants, au fond, tout le monde s'en fout. Ils sont un symptôme, rien de plus. Il y a cinq ans, on nous a menti. Le Président n'est pas du tout moderne. Il aime la campagne, le grand air, la chasse et ces journées qui s'achèvent par l'éternelle victoire de l'homme sur l'animal. Et c'est ça qu'on lui reproche : des goûts d'autrefois. Je me demande si au fond toute cette affaire n'est pas un prétexte pour critiquer son mode de vie.

Francis pour une fois était d'accord.

— On a élu un technocrate qui vénérait le progrès, l'Amérique, les ordinateurs et les trains à grande vitesse et on se retrouve avec un gentleman-farmer. On pensait qu'il avait épousé son siècle et il se comporte comme l'homme des cavernes, l'apparat en plus. Personne n'y comprend plus rien.

— Quand je pense que tout le monde s'extasiait sur son style… On louait sa simplicité et sa modernité, tu te souviens ? On en est bien loin aujourd'hui. Quand un homme change à ce point, on se demande quelle est sa vraie nature.

— Tu crois qu'il faisait semblant ? Que le personnage moderne et décontracté qui passait à la télévision, ce n'était pas vraiment lui ? Il serait hypocrite et menteur, comme tous les hommes politiques ?

— C'est possible. Va savoir avec des hommes prêts à tout pour être élus et pas capables de freiner le naturel quand il revient, au galop ou pas. Ce qui est sûr, c'est que cette transformation intrigue le pays. Et l'irrite de plus en plus.

— Quand on est élu sur son style, c'est risqué d'en changer en cours de route, conclut Francis avec bon sens.

Ils épiloguèrent sur ce pays traversé de goûts contradictoires, où la modernité ne cessait de se heurter à des îlots d'éternité têtue. Et qui ne savait pas très bien s'il désirait l'une ou s'il regrettait l'autre.

Ils traversèrent les ultimes villages, hameaux éteints d'une France qui avait l'air confite dans sa splendeur inchangée, Châtillon-Coligny, Aubigny, Saint-Martin d'Auxigny, pour arriver enfin devant la grille du Trichet. C'était étrange : il suffisait de quitter Paris pour faire un voyage dans le temps et retrouver sa jeunesse.

Rien n'avait changé en effet, et c'est la première phrase qui leur sortit de la bouche quand ils saluèrent Jean-Rodolphe venu les attendre sur le perron, *Mon vieux c'est sympa ces points fixes dans l'existence,* tandis qu'ils déchargeaient la voiture, fusils rangés dans des étuis de cuir fané, cartouches emballées, bouteilles de champagne et chocolats pour la maîtresse de maison, rires sonores pleins du plaisir de la journée à venir.

Jean-Rodolphe souriait avec urbanité et, ayant laissé son épouse distribuer les chambres, et prévenu ses amis,

*La première battue est à neuf heures*, se retrouva un instant seul dans le vestibule. Il observa dans la glace son visage tuméfié par les soucis et les nuits sans sommeil des derniers mois. Les copains ont dû penser que j'avais pris un sacré coup de vieux. N'ont rien fait remarquer bien sûr. Qu'est-ce qu'ils ont dit déjà ? Ah oui, un point fixe dans l'existence…

Un point fixe !

S'ils savaient !

S'ils savaient que la veille, il avait fait visiter le château à un agent immobilier ! Qu'il avait dû subir la poignante épreuve du regard acéré et critique de l'expert, auquel n'avaient échappé ni les rideaux Braquenié aux couleurs éteintes, ni les bergères éreintées dans les salons *(« Pièces à rafraîchir »*, avait-il noté) ni, dans les étages, les parquets gonflés par l'humidité, les fenêtres fuyantes, les baldaquins chancelants, les moquettes élimées jusqu'à la corde ! L'agent immobilier n'avait pas eu besoin de monter jusqu'au grenier pour deviner les toits percés, les ardoises envolées et jamais remplacées, les papiers peints décollés par les hivers sans chauffage – la misère tapie sous l'arrogance des mètres carrés. Il avait rayé sa première phrase et écrit « *Gros travaux à prévoir.* »

Voyant le visage de l'agent immobilier se fermer de plus en plus au fur et à mesure qu'ils progressaient dans ce dédale de cent pièces, Jean-Rodolphe avait tenté de tempérer son jugement en lui montrant la vue inouïe qui s'offrait depuis la terrasse de l'ouest. *Nos couchers de soleil sont célèbres*, lui dit-il. Sur les pavés soulevés par les mauvaises herbes, sous les corniches lézardées, un vieux mobilier de jardin des années quarante finissait de rouiller. Au-delà de l'horizon admirable, bosquets d'arbres qui ponctuaient le cours des étangs, on apercevait les toits des HLM qui venaient lécher les grilles du parc. Le village, devenu une cité-dortoir, s'était étendu. Ce qui aurait dû s'appeler une *vue unique* avait été saccagé. L'agent immobilier, toujours prompt à renverser les situations les plus pessimistes, nota : « *Tous commerces et commodités à proximité.* »

Ne restait à Jean-Rodolphe pour amadouer son interlocuteur que la chanson de geste familiale. Il avait puisé dans son stock d'anecdotes, fort vaste, lui avait raconté la légende colportée de père en fils, de l'ancêtre tombé de cheval au cours d'une chasse, sa colonne vertébrale brisée et le château construit tout autour de l'invalide, avait montré la chambre où le duc de Westminster avait dormi, lui avait raconté le dîner où l'Aga Khan avait rencontré sa femme, lui avait cité le chapitre d'un roman célèbre où l'on pouvait reconnaître le parc. N'avait hélas pas trouvé d'aïeul qui aurait servi de modèle à un personnage de Proust, ce qui est le comble du chic lorsqu'on fait visiter sa maison. L'agent immobilier avait raturé une fois de plus son calepin et écrit « *Un bien rare pour un projet ambitieux* ». Il avait du métier.

*La vie de château n'est plus dans l'air du temps*. L'agent immobilier avait prononcé cette phrase sans hausser le ton. Dans son regard compatissant, Jean-Rodolphe avait lu que le prix qu'il comptait tirer de son château serait divisé par deux.

C'est bien ce qui navrait le plus Jean-Rodolphe : dans le monde moderne, tout avait un prix. Mais que valaient trois cents ans de souvenirs ? Il avait renoncé à poser la question à cet homme qui s'obstinait à appeler « un bien immobilier » ce que lui nommait, considérait, vivait, « chez moi ».

Il avait raccompagné l'agent immobilier jusqu'à sa voiture. Il avait glissé un mot sur ses enfants, *Cette vente ne les chagrinera pas beaucoup, ils n'aiment que les stations balnéaires,* avait dû subir l'inévitable réplique, *Que voulez-vous le monde change, il faut faire avec.* Son épouse Geneviève, au fond soulagée de se débarrasser de ce fardeau (« ce boulet », disait-elle à ses amies), avait prononcé la même phrase. Tous, ils accueillaient cet abandon avec fatalisme. Jean-Rodolphe se sentait bien seul avec son cœur qui criait au scandale. Mais pas question de dire quoi que ce soit aux amis qui allaient arriver demain pour un week-end de chasse. Une sorte de bonne éducation atavique l'empêchait d'ennuyer les autres avec ses soucis. Il garderait le silence pour ne pas gâcher les bons moments à venir. Sans le savoir, il imitait son père.

Les maisons ne sont pas si différentes des hommes. Comme eux, elles ont leurs années de flamboyance, leurs longs paliers sans histoire, leurs chutes brutales enfin. Quand pour nous, c'est coup sur coup une cheville ou une hanche qui se brise, un poumon qui étouffe, une mémoire qui flanche, une addition incompréhensible de fragilités nouvelles, c'est pour elles, à quelques mois d'intervalle, l'électricité qui saute, les canalisations qui gèlent, les ardoises qui s'envolent. Parleraient-elles que ce serait peut-être pour réclamer une cure de soins intensifs, un électricien par-ci, un plombier par-là, un couvreur à demeure et un menuisier les jours fastes. Mais les maisons s'affaissent en silence sous le poids des ans, qui les accablent elles aussi.

Malheureusement pour lui, Jean-Rodolphe avait hérité le château au moment précis où, faute de travaux réguliers, il accumulait tous les maux connus dans le bâtiment.

Hérité étant un bien grand mot, car les choses n'étaient pas si simples.

Six mois plus tôt, Henri du Trichet était mort. Il était affligé depuis cinq ans d'une pathologie inconnue qu'aucun médecin n'avait réussi à identifier. Il avait décliné, comme dévoré par un mal mystérieux qui le rongeait de l'intérieur. Faute de mieux, on l'avait déclaré « neurasthénique ».

En 1976, le Président avait fait voter une taxe sur les plus-values. Cette mesure avait uni les mécontents de toutes sortes : dorénavant, le moindre petit propriétaire d'un pavillon en grande banlieue et de trois napoléons faisait désormais figure de spéculateur. Au

Trichet comme ailleurs, la mesure était mal passée : depuis quand fallait-il divulguer la valeur de son patrimoine ? Cette colère sourde s'était ajoutée à un désenchantement général, dans une famille où l'on répétait volontiers que tout allait mieux avant, quand l'air n'était pas si pollué, les routes si encombrées, les instituteurs si contestés et les enfants si révoltés. Ils s'étaient fait *dindonner,* répétaient-ils à qui voulait les entendre, par un Président dont on pensait qu'il défendrait les intérêts des possédants. Ils avaient choisi la droite, oui ou non ? On aurait dû se méfier, avaient triomphé certains, quand il s'était soucié du sort des détenus et des immigrés, qu'il avait voulu faire la promotion des femmes, qu'il avait pris le parti des jeunes ; ce Président *qui courait après les énervés de Mai 68* ne pouvait rien apporter de bon.

Mais toute la famille s'accordait à penser que c'étaient les élections municipales de 1977 qui avaient porté un coup fatal à Henri du Trichet, lui *qui déjà n'était pas bien* ; lui dont les ancêtres formaient une longue et indiscutable théorie de maires du village avait été, à la stupeur générale, battu lors du scrutin local. Les quelque deux cents électeurs de la commune avaient pour la première fois contesté le fait que le châtelain fût aussi leur édile. À sa place, ils avaient élu un cadre de l'hypermarché récemment ouvert à l'entrée du village. Cette révolution sans révolutionnaires avait bouleversé le comte du Trichet. Au moins, il y a deux cents ans, on coupait franchement les têtes.

Deux ans plus tard, Henri du Trichet s'était éteint au moment où le parc verdissait à nouveau, dans les premiers jours de ce petit printemps où les anémones sylvies tapissaient de nuages blancs les sous-bois et où les arbustes se couvraient d'un feuillage vert amande.

Un matin du mois de mai, Jean-Rodolphe et ses deux sœurs s'étaient retrouvés chez le notaire. En principe, la succession était simple : Jean-Rodolphe, en tant que seul fils, hériterait du château. Ses sœurs seraient amplement dédommagées par « la rue Gustave Zédé », c'est-à-dire un immeuble de rapport qui avait été la dot de leur grand-mère et où les loyers tombaient avec la même régularité que la pluie sur le Pays basque.

Assis dans son fauteuil, le notaire se balançait, dodelinait, tardait à prendre la parole. Finalement, il s'adressa aux trois enfants, la mine lugubre :

— Le sucre.

— Papa avait du diabète ? s'inquiéta Chantal, l'aînée, qui confondait soudain médecins et notaires, encore secouée par les derniers événements.

— Pas que je sache. Mais là n'est pas la question. Je vous parle de ses investissements. Votre père n'a pas eu le nez creux, c'est le moins qu'on puisse dire. Il y a cinq ans, sa situation n'était pas brillante. Les fermages rentraient de moins en moins. Il était ligoté de dettes et pressentait qu'il serait vite incapable de faire face aux dépenses courantes à Trichet. Il a voulu « se refaire », comme un joueur de casino. Il a tout misé sur le sucre. M'a demandé de vendre l'immeuble de la rue Gustave

Zédé et le reliquat d'un portefeuille d'actions pour financer cet investissement.

Les trois enfants écoutaient, atterrés. Jean-Rodolphe, qui devinait ce qui allait suivre, avait les épaules remontées par l'angoisse.

— Remarquez que c'était tentant, poursuivit le notaire. La demande croissait, les stocks fondaient, la récolte avait été exécrable : les cours flambaient. Cette spéculation, il en était sûr, sauverait la famille. Pendant quelques mois, il a guetté les cours, qui en effet ne cessaient de monter. Hélas en décembre 1974, ils se sont effondrés.

Chantal frôla la syncope, Béatrice se tordit les doigts comme si elle ne supportait plus ses bagues, Jean-Rodolphe restait impassible, bien que très ému.

— Il n'a rien voulu vous dire, continuait le notaire (soulagé de s'être déchargé de son secret professionnel), parce qu'il ne voulait pas vous inquiéter. Le silence protège, me disait-il souvent.

Il hésita à leur dire que la situation aurait pu être pire. Qu'il est des silences encore plus dommageables. Qu'il aurait pu être chargé de leur annoncer l'existence d'un demi-frère ou d'une demi-sœur surgis du passé d'un homme qui aimait les femmes (car ce sont des choses qui arrivent et il était bien placé pour le savoir), un bâtard qui se serait invité dans la succession. Mais il se tut, laissant les trois héritiers méditer aux conséquences de ce qu'il venait de leur annoncer. Les comptes de leur père étaient dans le rouge. Le seul actif restant était le Trichet, ce château impossible à chauffer et coûteux à entretenir. Jamais Jean-Rodolphe, qui était cadre supérieur chez Saint-Gobain, ne pourrait dédommager ses sœurs.

En sortant de chez le notaire, ils se regardèrent comme s'ils venaient de subir un nouveau deuil. Le franc soleil qui brillait ce jour-là sur la capitale injuriait leur détresse. Attablés au café du coin, ils firent l'inventaire des mensonges, des omissions, des petits accommodements avec la vérité qui, à la lumière blafarde des révélations du notaire, leur sautaient à présent aux yeux.

— Je comprends pourquoi on a eu si froid à Noël l'an dernier, la chaudière n'était pas en panne, en fait Papa ne pouvait plus payer sa note de fuel.

— Et ces chambres où les commodes disparaissaient, il a dû les vendre sans nous en parler.

— Ce n'était pas la mélancolie qui le minait, c'était le remords.

— Cette façon de se taire depuis toutes ces années, comme s'il avait honte.

— Que vas-tu faire, Jean-Rodolphe ? avaient pleurniché les deux sœurs tout en réclamant un deuxième gin au serveur.

— Je me le demande.

Il se l'était demandé pendant quelques semaines. Qu'il soit, dans la longue chaîne des générations qui s'étaient succédé ici, le maillon qui lâche, Jean-Rodolphe en était tout remué. Il se réveillait souvent au milieu de la nuit, tourmenté par une seule question : *Est-ce que les morts nous voient ?* Il pensait à ses ancêtres qui avaient grandi, aimé, souffert, agonisé dans ce château. Qui pour la plupart dormaient dans le petit cimetière du village. Lignage modeste, car il ne possédait aucun bisaïeul dont le nom figurât dans les manuels d'histoire, mais lignage pourtant. Il était leur rejeton. Il portait leur nom. Aussi était-il tracassé pour eux. Qui désormais irait fleurir leurs tombes à la Toussaint, qui encenserait leur mémoire, qui saurait raconter quel passage ils avaient laissé sur Terre ? Il en voulait à son père de les avoir tenus à l'écart de ses stupides manœuvres financières et laissés pour ainsi dire seuls face à des pots trop cassés pour être réparés.

Il avait pensé, comme tant d'autres de ses amis et cousins, à faire du château un centre de profits. Des visites payantes, plusieurs semaines par an. Dix francs l'entrée mais tarif réduit pour les familles nombreuses. Fermeture des grilles à 19 heures au plus tard. Des cordons pour protéger les meubles, des plaques de verre pour épargner les rideaux. Des guides pour expliquer l'histoire du monument. (Pour une visite en anglais, merci de prendre rendez-vous.) Des visiteurs claudiquant, dans le luxe dépaysant des salons, partagés entre la stupeur et l'envie, *On ne s'embêtait pas à l'époque*, lutte des classes pas morte, *Pourquoi eux et pas nous*, l'éternelle rengaine. Des enfants ennuyés qui piaillent pleurnichent trépignent. Des parents exaspérés qui pressent le pas, jettent un œil distrait sur les tableaux et les notices rédigées en trois langues. Des pelouses saccagées par les pique-niques, le meilleur moment de ces visites à but culturel. Les rideaux tirés dans les communs où, désormais, ils devraient s'exiler, pour ne pas assister à ce cirque. Une maison qu'on n'habite plus, mais qu'on montre. Les comptes d'apothicaire, à la fin du mois, pour arriver à la conclusion qu'on n'a pas vendu assez de tickets pour remplacer la chaudière. Le cauchemar.

Des châtelains plus ambitieux – ou plus fauchés – avaient converti leur maison en hôtel. Ils n'avaient pas faibli devant la perspective de devenir marmitons sous leurs propres lambris, envahis par des gens qu'ils n'avaient pas choisi, esclaves d'un bon plaisir qui n'était pas le leur ; debout, dès l'aube, pour servir leurs clients, comme autrefois les domestiques qui travaillaient chez eux ; faisant, du matin au soir l'article de leur demeure ; ayant donné à leurs chambres des noms historiques et mensongers, qui pourra vérifier que Louis XV a dormi ici, pourquoi ne pas leur dire que Napoléon s'est arrêté ici en rentrant de l'île d'Elbe, Grand-Papa a certainement reçu Proust même s'il ne nous en a jamais parlé, la chambre bleue portera son nom, car *ce qui se vend le mieux, c'est du rêve*. Et, n'ayant pas peur d'offenser ceux de leurs aïeux qui étaient partis en croisade contre les Infidèles, avaient péri sur l'échafaud en criant « Vive le Roi ! », avaient honni l'Empereur et salué le retour des Bourbons, avaient néanmoins envoyé leurs fils faire toutes les guerres de la République et durent ensuite se recueillir devant leurs noms gravés sur le monument aux morts du village, ils appelaient à présent leur château : *mon business*. Ils allaient, disaient-ils, *dans le sens de l'histoire*. Jean-Rodolphe préférait faire demi-tour.

Un matin d'octobre, il avait pris sa décision : il devait vendre.

D'avoir piétiné toute la journée dans la boue collante de novembre, d'avoir marché derrière les rabatteurs dans les sous-bois déshabillés par le vent, d'avoir guetté les oiseaux qui surgiraient derrière la grande haie d'arbres, perdreaux cendrés et faisans si élégants avec leur collerette rouge cardinal, d'avoir épié leur trajectoire incertaine, d'avoir levé l'épaule, ajusté leur tir, supporté le recul brutal de leurs corps en redoutant l'hématome, d'avoir compté les volatiles chus aux alentours que les chiens rapportaient entre leurs dents précautionneuses, butin à plumes dont les plus beaux éléments seraient ce soir alignés à l'heure du tableau de chasse,

d'avoir partagé la connivence des taiseux à l'heure où le gibier frémit, s'approche, s'annonce, d'avoir enduré l'attente silencieuse qui syndiquait les fusils et les cœurs,

d'avoir grelotté dans des huttes à la tombée de la nuit pour assister à la passée aux canards, d'avoir scruté l'étang en attendant le coup de trompe, d'avoir levé les yeux vers le ciel encore clair pour deviner les silhouettes noires des bêtes apeurées, d'avoir revendiqué la paternité de ces coups de feu, éclairs rouges zébrant l'obscurité, de s'être attribué l'abondance du gibier tombé au champ d'honneur,

d'avoir souri avec condescendance en entendant les femmes piailler au retour *Ma vie pour un bain chaud !*,

d'avoir frissonné dans les couloirs humides du Trichet pour regagner leurs chambres et troquer leurs bottes crottées et leurs vestes couleur nature pour des mocassins et des pantalons courts sous lesquels s'agitaient les pompons de leurs chaussettes,

ils avaient eu faim et soif. Ils avaient eu envie de parler.

Et le plaisir de cette journée n'aurait pas été complet s'il n'y avait eu, à la tombée de la nuit, cette grande tablée d'affamés en knickerbockers, de soiffards de compétition, cette épiphanie que nul n'aurait songé à manquer avant de reprendre la route.

À l'heure du cognac, devant la cheminée recouverte de photos de famille qui donnaient la nostalgie d'une époque où, le soir, les femmes s'habillaient longues et les hommes se chaussaient de velours bleu nuit ou de vert bouteille, les hommes s'étaient regroupés et causaient politique, comme il arrive toujours à un moment de la soirée.

— Je ne crois pas que les affaires nuisent au Président. Les Français ont trop peur des communistes : au dernier moment, ils le rééliront.

Régis, au milieu du groupe, n'attendait que cette occasion pour reprendre le fil de sa rancœur. Tout à l'heure, harassé et pour tout dire asphyxié par tant d'air pur, il était resté mutique. Maintenant que l'on remplissait son verre dès qu'il était vide, que la fumée des cigarettes formait des volutes bleues sous le lustre, que le feu dans la cheminée dispensait une chaleur semblable à celle des cafés où il passait sa vie, il reprenait des couleurs. Et retrouvait son rôle d'opposant-par-principe.

— Je te trouve bien indulgent. Si j'étais né de l'autre côté de la Méditerranée, je vous parlerais de scoumoune. Ces affaires qui s'accumulent sans que le Président daigne ouvrir la bouche pour se défendre, ce n'est pas joli-joli. Un mois que ça dure, ce silence ! Comme s'il avait des choses à cacher.

Ils avaient oublié cette histoire de cadeau, et n'avaient jamais vraiment cru que le Président puisse être un trafiquant de diamants. Des bobards montés en épingle par l'opposition : un coup classique à l'approche des élections. Mais ils ne parvenaient pas à oublier ce silence. Il était devenu une personne à part entière dans leurs vies. Au début, comme tout le monde, ils en parlaient comme d'un invité en haillons dans une soirée très habillée – une anomalie, une vision incongrue. Maintenant, lorsqu'ils l'évoquaient, c'était pour s'ébahir de sa persistance, comme ces vieillards dont la longévité intrigue d'abord, agace ensuite, exaspère enfin le jeune ménage qui a acheté son appartement en viager. Il leur fallait exténuer le motif, jamais lassés qu'ils étaient par ces harassantes et répétitives conjectures, à la manière d'un Ravel répétant le leitmotiv lancinant du *Boléro*, en y ajoutant des instruments.

— Je ne comprends pas pourquoi il ne s'explique pas à la télévision. Il est excellent dans ce genre d'exercice. Dire à son adversaire de gauche qu'il n'avait pas le monopole du cœur, quelle sacrée trouvaille quand on y pense !

Et ils se rappelèrent soudain cette surprenante et brève campagne électorale, la première en couleur, comme si la télévision reflétait enfin la vie, et ce vent de jeunesse qui avait soufflé les semaines suivantes sur le pays

— C'est à mon cousin Amédée qu'il faudrait poser la question. Il travaille au Palais, il doit savoir beaucoup de choses, lui répondit Jean-Rodolphe. Je l'avais invité à venir chasser avec nous mais il était retenu à Paris par ses obligations professionnelles.

— Nous savons tous que tu n'aimes pas le Président parce que tu as perdu ton travail par la faute de ses réformes, dit Francis en se tournant vers Régis. Mais tu exagères : ce n'est pas un silence qui va changer le cours de l'histoire.

— Croyez-en ma vieille expérience des couples, le silence est ravageur, proféra Régis, jamais à court de théories quand on causait psychologie conjugale. Quand l'un des deux se tait, l'autre a l'impression que son existence est niée. Au bout, il y a le divorce à tous les coups.

— Le divorce ? Tu penses que le Président peut être battu parce qu'il se tait ? Tu veux rire ! persifla Francis. Jamais la gauche ne l'emportera. D'ailleurs, elle a perdu toutes les élections jusqu'à maintenant.

— Le silence peut en tout cas changer le cours d'une vie et, dans le cas de la mienne, il a fait des ravages, dit gravement Jean-Rodolphe. Le jour où le notaire nous a avoué que Papa s'était ruiné sans nous en parler, nous avons eu l'impression qu'il n'avait pas tenu compte de nous. Qu'il s'était dit : après moi le déluge. Si tu savais comme on lui en veut depuis ce jour-là !

Des regards consternés accueillirent les propos de Jean-Rodolphe. Personne ne se doutait.

— Comment ça, ruiné ? osa demander Francis.

— Comme tu imagines : plus un sou à la banque, l'immeuble de Paris bradé, un château en loques que je vais devoir vendre. J'ai d'ailleurs vu un agent immobilier hier. Cette chasse, c'était la dernière. J'espère qu'au moins vous en garderez un bon souvenir, conclut Jean-Rodolphe, avec la même élégance que celle des nobles vénitiens refusant la gratitude de leurs invités, et les remerciant au contraire de s'être déplacés jusqu'à eux.

Les amis partis dès la fin du petit déjeuner, *Désolé mon vieux, Bison Futé prévoit de gros embouteillages en fin de journée, merci encore pour cette journée formidable*, Jean-Rodolphe se retrouva seul. Au loin, la cloche du village convoquait les fidèles à la messe. L'envie lui prit de parcourir les pièces du Trichet, seul avec ses souvenirs.

Dans la cuisine, Jean-Rodolphe se revoyait avec ses sœurs, fascinés par les plats compliqués que préparait la cuisinière. Il entendait encore la litanie enluminée des saisons ressassée par celle qui s'approvisionnait dans les trésors du potager, fraises au printemps, framboises et groseilles au cœur de l'été, potirons et poires à l'automne. Il songeait que ses propres enfants grandiraient dans des appartements où les congélateurs leur donneraient l'illusion que l'année est une longue succession d'emballages en plastique. Par la fenêtre, il vit la marée de feuilles mortes qui augmentait, faute de jardinier pour la ratisser et l'évacuer. Est-ce qu'on voit sent respire l'automne à Paris, quand les éboueurs évacuent au plus vite les feuilles mortes et leur cortège d'odeurs, terre mouillée, humus, senteur de miel ?

Dans le petit salon, il revit sa grand-mère assise devant le piano à queue et jouant *La Lettre à Élise* à la tombée du jour. Dans la salle à manger, il se souvint des interminables déjeuners du dimanche, supplice des enfants qui n'avaient pas le droit de parler et qu'on rappelait sans cesse à l'ordre, *Tiens-toi droit, pas de coudes sur la table, finis ton assiette.* À l'époque, il s'était dit que les choses changeraient lorsque à son tour il serait le maître de maison, avait imaginé de grandes tablées cacophoniques, les paroles échevelées, la gaieté permise. Risible promesse à l'heure où il faut tout bazarder. Celui qu'il est en train de trahir en vendant ce château, c'est l'enfant qu'il a été.

À l'étage, au bout du long couloir déserté, il se pencha à la fenêtre pour revoir la pièce d'eau octogonale. Ses enfants avaient réclamé sans succès à leur grand-père une piscine, trouvant ce bassin démodé. Dans la chambre de ses parents, il contempla le lit où il était né, par une nuit froide du début de l'Occupation, et où il aurait dû mourir un jour, si sa trajectoire avait suivi le même cours que celle de ses aïeux.

Ce poignant pèlerinage creusait encore davantage ses traits. Sans le savoir, il se mettait à ressembler à son père dans les derniers mois de son existence, ceux où, accablé de soucis dont personne ne connaissait le nom, il restait pendant des heures à faire des patiences, mutique, devant la table de bridge, si las qu'il en oubliait même parfois de décrocher son téléphone.

Jean-Rodolphe était redescendu dans le hall. Il se dirigea vers le grand cagibi où l'on entassait pelisses, bottes, fusils. Il repensait à la conversation de la veille. Pourquoi le Président se taisait-il ? Peut-être était-il par avance fatigué à l'idée de se défendre, de se justifier, de s'expliquer. Peut-être devinait-il qu'aucun démenti ne calmerait la rumeur têtue qui occupait ses concitoyens. Cette lassitude, le châtelain la comprenait. Ce Président dans la tourmente lui était sympathique. Qu'on lui fiche la paix ! Lui aussi éprouvait à cet instant une immense fatigue. Il était par avance exténué à l'idée d'affronter ses cousins qui lui reprocheraient d'avoir bradé la maison de famille et d'avoir assassiné leurs souvenirs d'enfance. L'histoire, la grande comme la petite, était tragique : découvrir cette évidence, où qu'on soit, n'était pas le moment le plus plaisant de l'existence.

Le cœur affligé, il prit le fusil dont il s'était servi la veille et qui n'avait pas encore été nettoyé. Il sentit le métal froid sous son menton. Il se demanda encore. Il entendit son chien aboyer depuis le salon, inquiet d'être sans nouvelles de lui. Allons, l'amitié n'avait pas déserté tout à fait sa vie. L'animal le sauva sans le savoir du geste malheureux qu'il s'apprêtait à commettre. Il reposa l'arme, au moment où

# 10

## *Le chef du Protocole*

dimanche 11 novembre 1979

le crochet X se braquait contre les doigts agacés d'Amédée de La Folinaye, comme s'il ne voyait pas au nom de quoi il quitterait la place à laquelle, cinq ans plus tôt, un marteau enthousiaste l'avait logé. Il est vrai qu'Amédée avait, ces temps-ci, l'agacement facile. Et cette résistance des choses, en cette journée où Dieu sait qu'il avait d'autres chats à fouetter, le mettait hors de lui. Sur son bureau, le dossier « obsèques de Madame de Gaulle » s'impatientait. Dans moins de deux heures, sa présence serait indispensable sous l'Arc de Triomphe où, déjà, patientaient des survivants de Quatorze, frêles silhouettes d'estropiés oscillant sous le vent d'automne comme les arbres de l'avenue – à quelques degrés de moins du sol, cependant. Amédée eut une pensée fugitive pour cette chasse chez son cousin Jean-Rodolphe qu'il avait dû refuser parce que, cette année, le 11 novembre tombait un dimanche.

Cet homme ponctuel et organisé s'était donné une heure pour se délasser, c'est-à-dire achever de modifier l'ordonnancement mural de ses photos, avant de se jeter dans l'actualité du jour. Depuis plusieurs minutes, il mesurait des écarts, reculait, évaluait des distances, vérifiait des angles droits, se rapprochait, rectifiait encore. Il s'agissait de respecter la proportion idéale, huit centimètres, c'est-à-dire ni sept ni neuf, entre chaque cliché. Mais voilà que le shah d'Iran, homme si affable et courtois pourtant, menaçait de perturber son emploi du temps. Pas lui, en fait, mais sa photo si aimablement dédicacée (« *To you, dear Amédée, with my friendly and best regards* »), laquelle avait l'air de ne pas supporter l'exil que le propriétaire des lieux entendait lui faire subir. Pourtant, il allait falloir la déplacer : Amédée venait de recevoir un nouveau cliché, et non des moindres.

Dans la vie, tout est affaire de centimètres.

Telle est la conviction d'Amédée, qui est en train de repenser l'agencement des clichés dédicacés qui font face à son bureau. (Encore heureux qu'on lui ait, au sein du vaste Palais, affecté ce bureau sous les toits, où il pouvait planter des clous sans susciter l'effroi de l'architecte des Bâtiments de France. Ses collègues qui travaillaient dans les pièces classées du premier étage devaient se contenter de poser leurs photos sur les consoles ; mais il est vrai qu'ils en possédaient beaucoup moins que lui.) Reprenons. Amédée devait en permanence arbitrer un conflit intérieur entre ses sentiments et l'actualité. Reza Palhavi a dû se résoudre à l'exil ? C'est fort triste, il avait trouvé ses enfants charmants lors de leur visite officielle en France, mais il est de son devoir de déplacer sa photo à un endroit moins voyant du mur. Tout en sachant bien qu'aucun mollah barbu ne lui dédicacera son portrait en le sertissant de mots aimables, et que sa collection va souffrir de la Révolution islamique. Il y a deux mois, l'empereur Bokassa a été dépossédé de son trône : Amédée a dû se résoudre à déplacer sa photo *(« À Amédée de La Folinaye, qui contribue tant au rayonnement de son pays, très cordialement, Sa Majesté Impériale Bokassa Ier »),* il ne l'a pas supprimée mais l'a ôtée d'éventuels regards malveillants en l'accrochant dans un coin du mur qu'on ne voit pas lorsque la porte est ouverte. Pourtant, avec tout ce qu'on dit dans la presse ces jours-ci, il se demande s'il ne doit pas la faire disparaître complètement. Perspective infiniment déplaisante, car Amédée tient plus que tout à ses photos dédicacées.

Il contemple amoureusement ces portraits. Heureusement que certains souverains ne sont en rien menacés. Juan Carlos lui sourit sur le mur. Dans son uniforme militaire, il a une allure folle. Sa préférée, Grace de Monaco *(« À Amédée de La Folinaye, avec ma très vive sympathie »),* a le sourcil précis d'une femme rompue aux séances de pose, comme si Alfred Hitchcock n'avait jamais cessé de la regarder. Elle aura cinquante ans demain, et Amédée n'a pas oublié de faire envoyer des fleurs à Son Altesse Sérénissime, accompagnées d'un mot affectueux du Président. Les reines des petits pays du Nord ploient sous le poids des joyaux qui épuisent leurs vertèbres, les robes barrées de grands cordons qui les font ressembler à des paquets cadeaux. Il aimerait bien posséder une photo dédicacée par Mère Teresa, qui vient de recevoir le prix Nobel ; mais n'est pas très sûr que cette tradition ait cours dans les bidonvilles de Calcutta. En retour du télégramme de félicitations présidentiel rédigé à la hâte par Amédée, aucun colis n'est parvenu rue du Faubourg Saint-Honoré.

Amédée de La Folinaye est, depuis cinq ans, le chef du Protocole du Président. Son prénom a-t-il prédestiné à sa vocation ? Celui qui est « aimé des dieux » ne s'occupe que d'une seule chose : les grands-de-ce-monde. C'est peu dire qu'il les aime ; ils sont toute sa vie. Et il chérit plus que tout sa collection de photos dédicacées, qui viendront le rejoindre, à l'âge de la retraite, dans la vieille maison familiale du Gers. Posées sur le piano à queue, ces candides trophées lui rappelleront quel glorieux compagnonnage fut le sien à la présidence.

Pour l'heure, il les bichonne. A interdit à quiconque d'y toucher. Passe lui-même le plumeau lorsqu'il croit avoir aperçu un soupçon de poussière sur la vitre. (A donné des ordres en ce sens aux femmes de ménage zélées du Palais, *Passe encore pour l'aspirateur mais le reste je m'en charge.*) Les déplace au gré de l'actualité qui, hélas, est imprévue. Des souverains admirables sont déchus. Des femmes accèdent aux plus hautes fonctions. Des présidents sont assassinés. *Dans quel monde vit-on ?* se demande-t-il souvent, avec une tendresse navrée pour cette planète qui, parfois, n'a plus l'air de tourner très rond. La géopolitique se résume pour Amédée à ce petit phalanstère. Ce sont les grands-de-ce-monde. C'est lui qui s'occupe d'eux quand ils daignent poser leur auguste pied sur le sol de France. Par atavisme – plusieurs de ses ancêtres avaient hélas péri sur l'échafaud, paix à leur âme – et par tempérament, Amédée était légitimiste. Aussi les désordres du monde lui faisaient-ils horreur. Les victimes anonymes des guerres et des révolutions n'avaient pas droit à sa compassion ; il la réservait aux chefs d'État désavoués par une élection, aux souverains destitués, aux empereurs renversés. Il compatissait à leur exil, déplorait la diminution de leur train de vie, avait à leur place la nostalgie du faste enfui. Et réorganisait son mur en fonction des bouleversements fâcheux que l'actualité lui apportait.

Dans le panthéon sentimental d'Amédée, un grand-de-ce-monde surpassait tous les autres : une grande, en l'occurrence, Elizabeth d'Angleterre, souveraine en son royaume depuis 1952. En voilà une qu'aucune Révolution (quelle horreur !), aucune crise de régime (c'est bon pour les républiques !), aucune mort subite (montez à cheval tous les jours, vous finirez centenaire !) ne menaçait. Justement, la reine avait effectué une visite privée en France au début du mois de novembre. Amédée en avait supervisé chaque instant, depuis la visite des châteaux de la Loire jusqu'au dîner intime à l'Élysée. Extatique, il avait même pensé : maintenant je peux mourir. (S'était heureusement repris dès le départ de la souveraine, happé par d'autres urgences, travaillé par d'autres admirations.)

En voilà une qui, comme lui, savait l'importance des centimètres. À commencer par ceux qui prolongeaient ses genoux. Dix centimètres, pas un de plus, pas un de moins. Les tailleurs et les robes de Sa Majesté s'arrêtaient tous à mi-mollets, bien plus longs que les vêtements de l'époque. Que la minijupe ait été créée par un des sujets de Sa Gracieuse Majesté était une de ces ironies de l'histoire comme il en existe tant. Et par un mimétisme qui traduisait l'allégeance à la Souveraine, toutes les femmes qui l'avaient accompagnée dans ce voyage avaient rallongé leurs tenues. Amédée avait constaté cette victoire des centimètres avec une intense satisfaction. Quant aux autres, ceux qui habitaient les rencontres, les repas et même les clichés destinés à la presse, il s'en était chargé. À Chenonceaux, coiffée d'un sobre chapeau et rivée à son sac à main (il y aurait bien quelque journaliste malveillant pour la comparer à un plombier agrippé à sa sacoche, avait déploré Amédée, fataliste), la reine avait posé devant les douves du château, à côté de la Première dame, tandis que ses hôtes gardaient une distance aussi protocolaire que respectueuse. À Sully, assise seule dans un vaste canapé, elle avait bu du champagne avec la duchesse de Magenta. À Vézelay, elle avait enduré avec vaillance le froid de la basilique et l'interminable discours de l'évêque. Elle n'échappait à la vigilance d'Amédée que lorsqu'elle s'engouffrait dans la Rolls de l'ambassade d'Angleterre pour poursuivre sa route.

À Paris, lors du dîner donné en son honneur, seul le labrador du Président avait commis une infraction à la règle des centimètres ; la reine éprouvait une tendresse sans limite pour la race canine. C'est d'ailleurs elle qui avait offert Samba au Président lors de sa dernière visite d'État à Londres. Et nul, pas même Amédée, n'aurait songé à empêcher la souveraine de poser un instant son sac du soir, de soulever sa robe longue et de caresser l'animal. Un instant, mais c'était trop tard, Amédée songea que l'on allait encore citer le mot « cadeau », et que ce n'était vraiment pas le moment. Mais la reine avait eu l'air ravi et la détresse d'Amédée avait vite été allégée par les propos consolateurs du collègue en charge de la communication, tandis que crépitait l'appareil photo de l'envoyé spécial de *Paris Match* : *Ne fais pas cette tête, Amédée. Les chiens ne votent pas, mais leurs propriétaires, si. Ce soir, on a gagné pas mal de voix.*

Pour le reste, Amédée avait veillé à ce que les centimètres triomphent lors de cette soirée. Muni de son mètre, il avait inspecté les tables, vérifié que les vingt-six centimètres réglementaires séparaient bien les assiettes en porcelaine de Sèvres, et même ausculté les distances entre les milieux de table fleuris et les carafes en cristal. Il avait exhumé des archives du Palais la collection de menus d'État, bristols jaunis par le temps, les avait tous étudiés, cherchant l'inspiration culinaire de cette soirée qui, bien que restreinte, devait être marquante. Le menu offert à la reine Victoria en 1855, avec ses cinq plats et ses trois entremets, ne convenait hélas plus à cette époque frugale. Il avait finalement décidé de reprendre le menu du dîner offert par le président Albert Lebrun à George VI lors de sa visite en juillet 1938, ce qui lui permettrait de faire un frais à la souveraine en évoquant le souvenir de *Sa Majesté votre père, dont tous mes compatriotes ont pleuré la disparition prématurée*… La prunelle à peine humide, dans une effusion maximale quoique retenue, la reine le remercierait en français, une langue qu'elle parlait à la perfection.

Les cinquante invités « qui résumaient la France » avaient été présentés l'un après l'autre à la reine. (Ce chiffre était décidément à la mode. C'est Amédée qui avait trouvé cette formule ; il trouvait qu'il valait mieux « résumer » la France que « faire l'avenir ». L'avenir ne lui inspirait rien qui vaille. Il aimait les traditions et les réussites établies. La reine méritait des valeurs sûres.) À leur arrivée, Amédée, fébrile, les avait prévenus, réussissant le prodige d'être obséquieux quoique ferme, *Surtout, si je puis me permettre, pas de baisemain à la reine, mais une légère inclination. En revanche, baisemain à la Première dame. Si vous avez le moindre doute, suivez mon regard*, tentant de dissimuler la pitié que lui inspiraient ces malheureux qui, ne faisant pas partie des grands-de-ce-monde, n'étaient pas au fait des usages. Munis de ce viatique minimal mais suffisant, les cinquante Français éminents s'avançaient dans le salon. Avec Marc Bohan, la reine avait causé chiffon. Simone Veil s'était bien gardée d'évoquer la loi qui portait son nom. Alain Peyrefitte paraissait détendu, ici au moins personne ne lui parlerait de l'affaire Boulin. Quand arriva le tour de Jean Rochefort, le Président crut bon de glisser à Elizabeth que son hôte n'était pas seulement un acteur, c'était également un éleveur de chevaux d'une certaine réputation. On vit soudain la prunelle topaze s'écarquiller avec intérêt.

— *Really ?* dit la reine, manifestant ainsi l'intensité de sa curiosité et, déjà, de sa sympathie (car le penchant à la litote de Sa Très Gracieuse Majesté était bien connu).

— Vraiment ? reprit-elle en français, ayant décelé une lueur de panique chez son interlocuteur qui, de toute évidence, ne parlait pas sa langue. Encouragé par la royale réplique, Jean Rochefort avait bravé sa timidité pour oser :

— J'ai d'ailleurs eu l'honneur, Majesté, d'assister à la victoire de la princesse Anne aux championnats d'Europe de concours complet qui eurent lieu aux haras du Pin.

La souveraine, trouvant cet invité de plus en plus passionnant, le pria de s'asseoir à côté d'elle. Ce que voyant, Amédée faillit en perdre son flegme. Les centimètres étaient saccagés par la conversation qui s'engageait. L'inquiétude du chef du Protocole grandit encore lorsqu'il comprit que le comédien et la souveraine échangeaient des propos techniques entre connaisseurs, causaient à présent crottin, victoires, défaites, terrain lourd, pedigrees. Bref, communiaient dans une semblable passion pour les canassons. Pour Amédée, les minutes étaient presque aussi importantes que les centimètres. Son métier consistait à ce que les uns et les autres soient respectés. Et dans le cas présent, il lui fallait bien constater que cet invité outrepassait largement le temps qui lui était imparti. Les deux bavards avaient l'air d'avoir oublié où ils se trouvaient. On les entendait même rire de temps à autre. Amédée de La Folinaye, lui, n'avait aucune envie de rire. Dans la conception intransigeante qu'il se faisait de sa fonction, le hasard, la fantaisie, les affinités impromptues étaient bannis. Il contemplait le comédien avec une fixité désespérée. Au moment où Jean Rochefort demandait à la reine s'il était exact que l'on ferrait toujours à froid dans le Hampshire, Amédée réussit enfin à attraper son regard et à lui faire un signe discret qui signifiait que d'autres invités attendaient leur tour.

Après le souper, détendue peut-être par le feu de bois auprès duquel on l'avait assise, la reine s'était laissée aller à quelques confidences. Avait dit le chagrin que lui avait causé la faillite de Messieurs Jackson and Co, fournisseurs de la Couronne depuis 1846, drame qui lui avait fait prendre conscience de la situation économique de son pays. Avait mimé sa première entrevue avec son nouveau Premier ministre, une Margaret Thatcher raide, ferme et solennelle qu'elle avait fini par faire rire. Avait, à chaque instant, fait ce qu'on attendait d'elle, en grande professionnelle.

L'ambassade avait fait porter à Amédée, dès le lendemain, une photo de la souveraine aimablement dédicacée. Voilà pourquoi, en ce dimanche sinistre, le chef du

Protocole de l'Élysée était si occupé. Pour installer la Reine d'Angleterre à la place d'honneur, il fallait déplacer le shah d'Iran. Pour loger le shah (car un exil peut s'achever un jour, n'est-ce pas ?), il fallait éloigner la Reine des Belges. Cela tombait bien, son regard désespéré de femme stérile, sa façon de porter, outre sa tiare, toute la misère du monde sur les épaules, déprimait Amédée à chaque fois qu'il les regardait. Mais s'il éloignait Fabiola, c'était le secrétaire général de l'ONU qui risquait d'en pâtir. Bref, cet interminable jeu de chaises musicales lui prenait beaucoup de temps.

Dieu sait pourquoi, une tristesse inexplicable l'étreignait ce matin.

Au terme d'une carrière diplomatique exemplaire, qui l'avait mené de l'Afrique australe au Vatican en passant par une monarchie guindée du nord de l'Europe, Amédée de La Folinaye avait été recruté par le nouveau Président comme chef du Protocole alors qu'il entamait sa cinquantième année. Cette nomination était inespérée pour un fonctionnaire bien noté mais sans éclat. Pourtant, il avait accueilli cette nouvelle avec la plus grande circonspection. Ce Président si jeune, qui affirmait vouloir dépoussiérer la fonction suprême, au point de poser en costume-cravate sur sa photo officielle, qui paraissait même s'accommoder assez mal de la présence d'un chauffeur, ce Président dont toute la presse vantait le *style* si moderne, saurait-il se plier aux exigences des centimètres ?

Amédée avait redouté entre eux une incompatibilité d'humeur, une mésentente insurmontable. Il se sentait incapable de travailler au service d'un chef d'État qui n'aurait pas considéré comme fondamentales les distances, les places, les hiérarchies. Il avait, à l'époque, été aussi horrifié que le général de Gaulle par les photos du président Pompidou en maillot de bain à Brégançon ; le chef de l'État ne saurait être un homme comme les autres.

Inquiétudes sans fondement. Le Président nouvellement élu avait tout autant que lui le culte des centimètres. Attachait un prix inouï aux préséances. Tenait à ce qu'un fauteuil restât vide en face de lui, lors des dîners d'apparat (ce qui donnait un surcroît de travail à Amédée, lequel devait affronter le lendemain les récriminations de celui qui était placé *à côté du trou*). Avait une conception tout à fait protocolaire de sa fonction, au contraire de son prédécesseur, qui n'aimait rien tant que les repas à la bonne franquette, les soirées avec des artistes et les virées à Saint-Tropez – toutes occurrences où les centimètres ne comptent pas.

En quelques semaines, Amédée avait pris la mesure de l'homme ; elle concordait avec sa façon d'envisager l'existence. Au fil des années, le Président avait même marqué un goût de plus en plus prononcé pour le protocole. En sorte que la fonction d'Amédée n'avait cessé de croître en importance, dans la pyramide subtile des conseillers en tous genres. Il occupait à présent une place éminente dans l'organigramme du Palais.

Ce qui n'avait pas nui à sa popularité : si ses collègues jugeaient unanimement ses costumes à rayures démodés, ses pochettes inutiles, sa chevalière trop voyante, et le raillaient parfois pour son allure, *Le Palais n'est pas le Jockey Club, Amédée, bienvenue dans le XX^e^ siècle,* ils appréciaient sa courtoisie, son urbanité, ses manières d'un autre temps. Amédée était de ces hommes qui vous feraient regretter le passé et honnir les coupeurs de têtes.

Amédée de La Folinaye n'était ni idiot, ni sourd. Il savait bien qu'au-dehors, il s'en trouvait certains pour brocarder le manque de simplicité du Président. Pour railler son goût du solennel. En un mot, pour lui reprocher de ne pas être moderne.

Moderne ! Ils n'avaient que ce mot à la bouche.

Disons-le tout net : Amédée n'aimait pas le Progrès.

Le progrès grignote les centimètres. Il abolit les distances. Il bouscule les hiérarchies.

Au nom du progrès, le Président avait supprimé l'usage des titres de noblesse au sein du Palais. Les invitations portaient invariablement la mention « Monsieur » ou « Madame ». Il fallait être au minimum prince de sang royal pour échapper à l'oukase inspiré par le culte du progrès : le comte de Paris et le prince Napoléon étaient les seuls rescapés de cette folle passion de l'égalité. Les abus n'avaient pu être évités : toute religion comporte ses fanatiques. Un huissier avait fait du zèle, aboyant « Monsieur Ringuet » pour annoncer le professeur Louis

Leprince-Ringuet. Fausse note qui n'avait pas fait dévier le Président de ses principes : au Palais, pas de naissance qui vaille. Le mérite et rien d'autre. Amédée avait soupiré. À vrai dire, il n'y attachait pas grande importance, mais songeait que feu son grand-père devait se retourner dans sa tombe. Il savait bien, lui, que parfois le Président était moderne, et que parfois il l'était moins. Et que, Dieu merci, c'était dans ce deuxième cas qu'on avait besoin de lui.

Mais Amédée ne pouvait ignorer que le monde changeait. Et que ce changement était considéré, par la plupart de ses contemporains, comme un progrès.

Le progrès l'obligeait à modifier sans cesse l'ordre subtil de ses photos. Il créait des promiscuités inédites, qu'on n'aurait pas imaginées deux ans plus tôt. Les femmes accrochées au mur du bureau d'Amédée étaient toutes des reines ; depuis quelques mois, elles devaient cohabiter avec Margaret Thatcher. C'est que, au royaume de Sa Très Gracieuse Majesté, une femme avait été élue Premier ministre.

Tout en se battant donc avec un crochet X pour tenter d'extraire la photo du shah d'Iran, Amédée gardait un œil sur sa montre, car il devait accompagner le Président sur les Champs-Élysées pour les cérémonies de commémoration du 11 Novembre. Ce matin, les grands-de-ce-monde seront les anciens combattants, tout droit sortis de Verdun, des Dardanelles ou de la Marne. On fête le quarantième anniversaire du débarquement à Narvik : il y aura une délégation norvégienne. Le Président leur accordera la même familiarité millimétrée dont il use avec ses collègues étrangers (soixante centimètres minimum à l'heure des hymnes nationaux, qu'on peut ramener à vingt si la cérémonie prévoit une poignée de main. L'accolade ferait tendre la distance vers zéro, mais ce n'est heureusement pas la tasse de thé du Président. Le zéro représente la faillite du protocole, Amédée l'évite autant que faire se peut). Tout a été prévu. Le *Chant des Partisans* insufflera un peu d'émotion à cette cérémonie guindée.

Tout au long de la cérémonie, Amédée restera sur le qui-vive. Il a encore le souvenir cuisant de la commémoration d'il y a deux ans. Alors que tout se déroulait comme prévu, alors que le Président était à égale distance du chef d'état-major des Armées et du ministre des Anciens Combattants (cinquante-cinq centimètres, calibrés par Amédée depuis plusieurs jours), alors que, raides et attristés comme il convient dans ce genre de circonstances, les officiels venaient d'entendre une *Marseillaise* alanguie comme une fille des îles (selon le nouveau rythme voulu par le Président, qui le trouvait plus chic), patatras : les centimètres avaient soudain été bafoués par des furies qui s'étaient mises à hurler : « Vous qui vous souvenez des morts pour la Patrie, n'oubliez pas les enfants. » Les officiels avaient tressailli, s'étaient rapprochés du Président au cas où un danger l'aurait menacé. Blême, aussi figé de stupéfaction que le Président, Amédée avait dû supporter les cris de ces catholiques traditionalistes conspuant l'apostat, ceints d'une colère qui n'était pas retombée depuis le vote de la loi Veil. Aussi ne sera-t-il tranquille qu'à l'heure du déjeuner, quand on sera certain qu'aucun nostalgique de l'Algérie française, aucun adversaire des armes nucléaires, aucun partisan de l'abolition de la peine de mort, bref aucun fâcheux de l'époque, ne se sera glissé dans le cortège pour y distribuer des tracts ou crier des slogans hostiles. On n'est jamais tranquille, voilà ce que son expérience lui a enseigné.

Quel métier de chien. Amédée se remémorait encore avec consternation l'incident qui avait eu lieu quelques semaines auparavant. Il accompagnait une reine du Nord à l'Opéra. Diadème historique, ambassadeur anxieux, propos fades et mondains : la routine. À l'entracte, dans le foyer du palais Garnier, un spectateur éméché s'était approché du prince consort en disant un peu trop fort, *Alors ma poule on ne salue pas ses vieilles copines ?* et, tandis que la souveraine gardait un flegme impressionnant, que le prince regardant ailleurs semblait soudain trouver un intérêt puissant aux dorures de la pièce, le fauteur de troubles, le gâcheur de fête avait continué d'évoquer des souvenirs communs situés dans des endroits réservés aux messieurs[1]. Amédée avait, un instant, entrevu la fin précipitée

1. Lors de ses séjours à Paris, le prince ne manquait jamais de se rendre à La Grande Eugène, un cabaret transformiste de la rue de Marignan. Son numéro préféré était la danse d'une Mistinguett velue entourée de boys. Cela le changeait de son palais austère et de son pays adoptif où les hivers étaient longs et la langue des autochtones

de sa fonction, le blâme douloureux, la mutation à Andorre ou à San Marin. La sonnerie du théâtre avait mis fin à ce pénible impromptu. Les jours suivants, Amédée avait redouté une convocation présidentielle. Mais il faut croire que la souveraine était dotée d'une étonnante faculté de résilience : l'ambassadeur avait fait envoyer à Amédée un portrait de la reine muni d'une dédicace chaleureuse. Il avait fallu, bien sûr, modifier la structure du mur des grands-de-ce-monde. S'il se souvient bien, c'est le Premier ministre turc (*To Mister de La Folinaye, with my friendly gratefulness*) qui avait fait les frais de cette arrivée.

Amédée, cherchant un dérivatif à la tristesse insistante qui l'habitait, jeta un œil sur son bureau en quête d'une affaire urgente à liquider avant son rendez-vous aux Champs-Élysées. Ah, oui, les obsèques de madame de Gaulle. Elle était morte il y avait trois jours, le 8 novembre, dans la grande discrétion de la maison de retraite où elle s'était retirée. À un jour près, elle mourait le même jour que son mari. Cela aurait eu de l'allure, avait songé Amédée. En apprenant la nouvelle, le chef du Protocole s'était emballé : quelle magnifique occasion d'organiser une cérémonie pleine de grands-de-ce-monde et de centimètres, aux Invalides ou à Notre-Dame de préférence. Musique solennelle,

---

souvent incompréhensible, en dépit des nombreuses heures de leçons particulières.

drapeau tricolore sur le catafalque, fourragères coquelicot dansant sur les épaules des militaires, communion nationale, et bien sûr deux fauteuils rouges près de l'autel pour le couple présidentiel (à quatre-vingt-cinq centimètres, pas un de moins, du premier rang réservé à la famille, de longs mois de pratique, ponctués de quelques faux pas, comme les soixante-huit centimètres de l'enterrement de Christian Fouchet – une erreur de débutant, un souvenir qui encore aujourd'hui lui faisait monter le rouge au front –, avaient permis à Amédée d'aboutir à cette distance qui permettait de concilier l'esthétique et le protocole[1]) : il avait rédigé par avance le synopsis de l'événement et noté sur son agenda d'envoyer sa cravate noire de circonstance à la blanchisserie.

Il avait dû déchanter. La famille souhaitait des obsèques intimes, à l'image de celle qui s'était toujours effacée derrière les autres. Amédée devrait se contenter de faire envoyer des fleurs au nom du chef de l'État. Il en était tout frustré. On le privait d'un de ces enterrements en grande pompe comme il les aimait tant.

1. C'était un ministre de l'Intérieur comme on les aime dans la police : il avait jugé le Premier ministre Pompidou trop mou face aux enragés de Mai 68. La crise cardiaque qui l'emporta en août 1974 à Genève prit tous les officiels au dépourvu. Amédée venait de prendre ses fonctions et l'été n'est pas propice aux grandes manifestations, c'est bien connu. Cette confusion est donc parfaitement excusable.

Pourtant, elle aurait fait du bien à tout le monde, cette cérémonie grandiose, s'était dit Amédée. Elle aurait ranimé, le temps d'une messe, le souvenir d'une époque où l'on diffamait moins, où l'on se gaussait peu, où nul n'aurait songé à se moquer du Président.

Amédée lisait les journaux, il dînait en ville, il entendait la rumeur du pays. Derrière les sarcasmes, il devinait le tumulte. Les ricanements parvenaient jusqu'à sa soupente du Palais. On lui avait rapporté que Thierry Le Luron commençait chaque soir son spectacle par un « Bonchoir Méchieurs, Bonchoir Mesdiams ». Affligeants sous-entendus qui le navraient et ternissaient son humeur. Il savait que ce silence interminable, qui durait depuis un mois déjà, causait du tort au Président. Quand quelqu'un se risquait à lui en parler, il répondait que cette posture n'était pas de son ressort. Lui s'occupait des gestes, des mouvements, des trajectoires. Il mesurait des centimètres, comptait des minutes. Les virgules et les points de suspension, d'autres s'en chargeaient. *Dans cet opéra, je suis le chorégraphe, je n'écris pas le livret*, expliquait-il.

— Et d'ailleurs, ajoutait cet homme loyal, arrêtez de parler du Président comme s'il avait disparu. Cessez de geindre comme si vous étiez devenus orphelins. Il préside encore, que je sache. Il serre des mains. Il embrasse des enfants. Il inaugure des musées et des bibliothèques, il porte une charlotte blanche pour se rendre dans les centrales nucléaires. Il se demande s'il va garder son Premier ministre. Il fait semblant d'hésiter à briguer un autre mandat. Il s'occupe du pays, en somme.

Ses interlocuteurs insistaient. Amédée ne se démontait pas.

— Le Président ne se tait pas. Simplement, il parle d'autre chose. Voyez ses déplacements dans tout le pays. Il y répète que la France est désormais un pays apaisé. On l'applaudit. On le photographie. Il y a toujours une petite fille endimanchée pour offrir des fleurs à la Première dame. Je vous le répète : tout est dans l'ordre des choses. Franchissez le périphérique : en province, on s'en fiche pas mal, des affaires. Paris exagère tout.

Il concluait par une question à laquelle nul ne savait répondre :

— Est-ce que vous croyez vraiment que gouverner, c'est prendre la parole ?

Il admettait toutefois que personne n'écoutait plus le Président, puisqu'il parlait de tout sauf de ce qui préoccupait les gens. Quand il avait posé la question à ses collègues du Palais, il s'était entendu répondre :

— N'insiste pas, Amédée. Il n'y arrive pas. C'est au-dessus de ses forces. Même nous n'arrivons pas à le convaincre : plus nous insistons pour qu'il se défende, plus il a l'air de penser que nous lui reprochons une indélicatesse.

Voilà que, même ici, dans le Palais, l'ambiance a changé.

Il a perçu, ces jours-ci, la nervosité de ses collègues, la fébrilité dans les couloirs du Palais. On parle à voix basse, désormais, et on évite certains sujets sensibles. Au service de presse, les conseillers ont les phalanges meurtries par les ciseaux, qui sont devenus leur outil de travail au même titre que le téléphone : leurs revues de presse boudent occultent censurent les articles sur l'affaire. Nul n'ignorait combien la rancune du Président pouvait être tenace.

L'autre jour, en sortant d'une réunion, son collègue chargé de tâter le pouls national lui a glissé à l'oreille :

— Moins de cinquante.

Amédée a d'abord pensé qu'il s'agissait du nombre d'invités pour une future manifestation dont on ne lui avait pas encore parlé. D'emblée, en vrai professionnel qu'il était, il a cru bon de le prévenir :

— Moins de cinquante, ça ne va pas être facile. On va vexer beaucoup de gens.

— Je ne te parle pas des sauteries que tu organises, imbécile ! (Le collègue était jeune, fougueux et arrivait directement d'une agence de publicité. Amédée le savait et lui pardonnait volontiers sa spontanéité.)

Amédée le regarda longuement, se remémora l'intonation sévère avec laquelle il avait prononcé sa phrase. Il n'était pas question d'une liste de personnalités à inviter.

— Je te parle des pourcentages, précisa le jeune homme sur un ton confidentiel et lugubre.

Amédée comprit sa méprise. Si, dans sa partie, l'unité de mesure était le centimètre (pondérée, comme on l'a vu, par la minute), celle de son collègue était le pourcentage.

Et le pourcentage, ce mois-ci, n'était pas bon. Pour la première fois, la cote de popularité du Président était tombée à moins de cinquante pour cent. Pour la première fois, les *mécontents* étaient plus nombreux que les *satisfaits*. L'inversion de la courbe avait bien sûr beaucoup nui à l'ambiance des bureaux où, chaque jour, des spécialistes s'échinaient à déchiffrer des statistiques, commenter des sondages et en déduire des tendances – qui pouvaient être *lourdes* ou *passagères*.

Amédée avait été très attristé par cette mauvaise nouvelle. Plus que tout autre, il redoutait une défaite du Président – certain que les adeptes du Programme Commun malmèneraient ses chers centimètres.

(En quoi il se trompait. Les centimètres s'avéreraient vigoureux comme jamais à l'heure des changements de majorité. Mais c'est une autre histoire.)

La tristesse ne part pas. Amédée cherche sa cause. Est-ce d'avoir songé au silence du Président, à ces mauvais sondages ? Non, il y a autre chose. Son regard se promène sur le mur, longe les altesses et les chefs d'État, s'attarde soudain sur la photo de l'impératrice d'Iran.

La voilà, la raison du chagrin qu'il éprouve depuis ce matin.

C'est à un autre silence qu'il pense : celui des chefs d'État qui, depuis dix mois, se renvoient à tour de rôle le shah d'Iran, déchu et malade, dont ils redoutent la présence sur leur sol. Les tribulations humiliantes des anciens souverains avaient commencé en janvier, lorsqu'ils avaient dû fuir Téhéran gagné par la révolution.

Jamais on n'avait tant vu Amédée traîner dans les couloirs de la cellule diplomatique, deux étages plus bas, où il s'informait auprès de ses collègues compétents des stations qui ponctuaient ce chemin de croix. (Collègues qui le grondaient parfois, navrés de le voir dans cet état : *Amédée, tu es trop sentimental.*)

D'abord l'Égypte, parce que les États-Unis avaient brutalement décidé de tourner le dos à leur allié de la veille et refusaient de l'accueillir, six jours à peine, puis le Maroc, qu'il avait fallu quitter très vite car les religieux iraniens menaçaient d'enlever des membres de la famille royale marocaine en guise de représailles, et les États-Unis qui refusent encore, la France qui regrette beaucoup mais justifie son refus par des raisons de sécurité, Monaco qui dit oui avant de se désister sous la pression de la France, alors les Bahamas mais le visa du couple impérial n'excède pas trois mois,

il faut partir à nouveau, mais les chancelleries se désistent les unes après les autres ;

ce sera finalement le Mexique, pas mécontent de donner une leçon d'éthique à son voisin, un havre de paix qu'il avait pourtant fallu quitter aussi car le cancer du shah s'était tellement aggravé qu'une hospitalisation s'imposait.

Et maintenant New York, les Américains ont cédé enfin, mais on lui a bien fait comprendre que le séjour ne devait pas durer trop longtemps, c'est un cas d'urgence médicale qui ne saurait être interprété comme une autorisation de résidence.

En dépit de cet accueil saturé de réticences, de réserves, de codicilles, les Américains avaient payé cher leur hospitalité : les révolutionnaires ont du coup, la semaine dernière, pris en otage le personnel de leur ambassade. Pour le shah, la culpabilité s'ajoute à la maladie. Sous les fenêtres de sa chambre d'hôpital, des Iraniens font des prières pour hâter sa mort, imitant en cela l'ayatollah Khomeiny[1]. Et elles montent jusqu'à lui qui gît sur son lit, épuisé, le corps percé de sondes et d'aiguilles, la tête échouée sur un oreiller sous lequel il a caché un sachet de sa terre natale.

Le roi se meurt et le Président se tait : quelle époque lugubre !

Amédée ne fait pas de politique. Les centimètres n'ont pas de couleur. Il ne lui appartient pas de juger

1. Ce dignitaire religieux avait passé une année à Neauphle-le-Château en 1978 grâce à un visa de touriste, non pour y picoler jusqu'à point d'heure avec Marguerite Duras mais pour préparer la Révolution islamique – ce qui supposait une hygiène de vie irréprochable. Dans son rapport au ministre, Monsieur Roger, qui avait pu se procurer plusieurs copies de ses listes de courses au supermarché, avait été formel : l'ayatollah ne buvait pas une goutte.

si le shah devait rester sur son trône ni si la révolution islamique est une bonne chose. Mais c'est en homme de cœur qu'il pense à l'errance sans fin des anciens souverains. Il se souvient du somptueux dîner à Versailles, il y a cinq ans, lors de leur visite. Amédée venait de prendre ses fonctions. Le Président l'avait félicité pour son organisation. C'est grâce à eux en quelque sorte qu'il avait été adoubé. Le shah lui avait offert une photo officielle sur laquelle il posait, le buste chamarré de décorations, avec son épouse et ses deux premiers enfants. Le petit prince héritier, ceint du même cordon bleu que son père, lançait un sourire têtu à l'objectif. Il ressemblait à un soldat miniature, mais c'est rare que les enfants soient mieux habillés que leurs jouets. Amédée, que la vie avait privé d'une progéniture, avait toujours eu un faible pour les enfants des autres. Cette photo était devenue l'un des fleurons de la collection d'Amédée, peut-être même sa préférée.

Dans *Paris Match*, il y a deux jours, entre une interview exclusive d'Albert Spaggiari et un article sur la tyrannie des maths, Amédée avait sursauté en découvrant un reportage intitulé « L'angoisse de Farah ». Il avait longuement regardé la photo du souverain en exil, les traits creusés par la maladie, le regard infiniment triste, qui contrastait tellement avec celle figurant sur le mur des grands-de-ce-monde. Amédée, que la nature n'avait pourtant pas doté d'un tempérament rebelle, s'était indigné en silence de la lâcheté des chefs d'État et de leur promptitude à accepter le changement de régime. Le cliché représentant les chefs d'État au sommet de la Guadeloupe l'avait doublement heurté : ils bafouaient du même coup le sens des convenances (ces hommes hilares, sans cravate, sous une paillote, avaient l'air de tout sauf de grands-de-ce-monde) et le sens de l'honneur. Est-ce cela, être moderne ? Accepter tous les changements, y compris les révolutions, et tourner le dos du jour au lendemain à ses amis de la veille ? Amédée, lui, gardera la photo du shah et de l'impératrice sur son mur. Et tant pis pour ceux qui lui reprocheront de snober l'air du temps.

Soudain, Amédée a pensé que les grands-de-ce-monde sont parfois bien petits. Que l'agonie n'a que faire des centimètres, des titres, du protocole, ces dérisoires béquilles des puissants.

Que c'est seulement d'amitié qu'a besoin un mourant. Et aussi de prières, quand c'est le nom qu'on donne à la tendresse pour ses semblables. Et qu'elles font défaut à cet homme-là.

C'est tout son monde qui vacille à cette minute. Ses repères ne valent plus rien dans cette tragédie humaine.

Tout chamboulé, il quitte son bureau. On l'attend à la cérémonie du 11 Novembre. Le Président compte sur lui et n'a que faire de ses états d'âme. Amédée aimerait à l'instant même fuir ces obligations compassées, ce ballet dont il connaît chaque pas, et prendre le temps de bavarder avec quelqu'un qui serait habité par la nostalgie, comme lui. Il se promet de rappeler Dorothée, se souvenant qu'elle lui a glissé l'autre soir, dans cet assommant cocktail où ils se sont croisés, *Appelez-moi un de ces jours, je n'ai pas le moral et cela me ferait plaisir de vous revoir* et qu'il avait empoché sans plus y penser le numéro de téléphone de cette lointaine connaissance, mais avant cela, cet homme de devoir a une autre urgence : penser à un cadeau pour sa filleule qui va avoir dix ans dans huit jours,

## 11

## *La petite fille*

lundi 19 novembre 1979

et dont Amédée est sûr qu'elle au moins ne lui parlera pas de l'actualité. Il n'avait pas tort. En cet automne étrange, s'il y avait un seul habitant de la place du Palais-Bourbon à ignorer l'affaire des diamants, c'était la jeune Pauline. Car il n'y avait ni Président, ni dictateur africain polygame, ni journal satirique dans les romans de la Comtesse de Ségur. Mais elle avait constaté que tout était en l'air dans son quartier.

Il existe deux sortes d'enfants : ceux qui accrochent des posters aux murs de leur chambre et ceux qui regardent par la fenêtre. Pauline était de la seconde espèce et passait des heures à observer les allées et venues sur cette place octogonale où tout le monde se croisait, se parlait, se connaissait. Elle pouvait nommer chaque habitant, connaissait les horaires et les manies de chacun. Elle savait à quelle heure on arrosait les plantes, on allumait les lampes, on tirait les rideaux sur l'intimité du foyer. Aussi tout dérèglement, toute embardée dans ces journées prévisibles étaient-ils suspects. L'année dernière, son parrain lui avait offert un joli livre à la couverture rouge : *Le Petit Manuel de l'agent secret*. Elle le connaissait par cœur. C'est à lui qu'elle devait sa vocation.

Un manège inhabituel de messieurs en costumes sombres sous ses fenêtres l'intriguait depuis quelques jours. Pourtant, la date du 15 octobre était passée, ce jour anniversaire de la mort de Pierre Laval qui amenait des messieurs ostensiblement affligés chez sa fille, au 6. (Le défunt était un monsieur qui avait fait beaucoup de tort à la France, lui avait-on expliqué.) Palabres et nostalgie en cravate noire sur le trottoir, c'était habituel. Mais l'indifférence que ces hommes surgis de l'Assemblée nationale montraient devant la porte du 4 prouvait que quelque chose n'allait pas : d'habitude, ils ne se privaient pas de lancer un regard, ou même plusieurs, vers celles qu'on n'appelait que « les filles de chez *Vogue* », ces jeunes femmes pimpantes juchées sur des talons extravagants, dont le sourire faisait oublier le sinistre rictus de la statue de Marianne. Au 1, dans le café toujours désert parce que les députés lui préféraient le sous-sol de l'aérogare des Invalides et les filles de *Vogue* les restaurants amusants de la rive Droite, Pauline observait des conciliabules mystérieux jusqu'à point d'heure. Oui, quelque chose clochait.

La petite fille aimait beaucoup son parrain. Du temps où il était ambassadeur, il ne manquait jamais de lui envoyer des cartes postales. C'était le plus beau cadeau qu'il pouvait lui faire, ces photographies exotiques, ces timbres luxueux, ce rêve posé devant la porte par le facteur. Depuis qu'il travaillait à Paris, le courrier s'était tari. Elle espérait un cadeau du même genre que l'an passé, une paire de jumelles, un déguisement de détective, une perruque blonde pour écouter les conversations incognito – bref, des accessoires pour progresser dans le métier. Mais il avait choisi cette année une boîte à bijoux dont le couvercle était décoré d'un portrait de Sa Très Gracieuse Majesté, car il pensait qu'il n'est jamais trop tôt pour commencer à rêver aux grands-de-ce-monde.

Les parents de la petite fille avaient tenu à retenir le parrain – *Juste un verre, histoire de bavarder. On ne te voit plus depuis que tu travailles au Palais*... Ils n'avaient pas voté pour le Président. Les idées politiques d'Amédée n'étaient pas les leurs, mais cette divergence n'avait jamais entamé une solide amitié née sur les bancs de Sciences Po. Cette affaire de diamants arrangeait bien leur camp, celui de l'opposition. Eux et leurs amis n'en revenaient pas de cette peau de banane providentielle. Ils ne s'en cachaient pas. Déjà, ils échafaudaient en pensée des slogans pour la campagne à venir, « La colère qui veut se transformer en espoir » ralliait tous les suffrages.

Leur vieux copain si proche du pouvoir en place aurait peut-être de quoi étancher leur soif d'informations. Comme tout le monde, ils étaient frustrés par la façon qu'avait le Président de snober la polémique en restant à l'extérieur du ring. Pas de protestation, pas de démenti, pas de contrition : où était passé le débat politique ? À la tribune de l'Assemblée, un député socialiste s'était époumoné en vain : « Toute la France s'interroge : c'est vrai ou c'est faux ? » Bien malin qui aurait pu le dire.

Le chef du Protocole, qui espérait une parenthèse légère dans sa journée accablée de contrariétés, dut constater que, même ici, il n'échapperait pas au sujet de conversation inévitable depuis maintenant six semaines.

Les questions fusaient. Amédée bataillait pour défendre son patron avec loyauté.

— Toi qui le vois tous les jours, peux-tu nous dire s'il va parler ? La posture du détachement souverain, ça finit par devenir lassant…

— Je n'en sais pas plus que vous, répondit Amédée, à qui l'adjectif « souverain » plaisait néanmoins beaucoup. La seule chose que je peux vous dire, c'est que quand l'un des membres du cabinet lui a conseillé l'autre jour de prendre la parole, il lui a répondu sèchement : « Croyez-vous que je sois un homme malhonnête ? » Il n'écoute personne et se fie à son instinct, qui lui conseille de se taire. Comme si parler, c'était avouer.

— Quel étrange système de défense, répondit la mère, qui ne manquait jamais d'assister aux grands procès. Il ne se rend pas compte qu'il alimente au contraire les soupçons et nourrit les fantasmes.

— Au fond, ce qu'on lui reproche, c'est son style de vie, non ? Aller chasser en Afrique, quelle idée quand on veut passer pour un chef d'État moderne ! renchérit le père pour qui la nature se résumait aux pelouses des champs de courses.

— La chasse existait déjà au temps des cavernes, protesta Amédée. Et elle n'est pas interdite, que je sache. À chacun ses plaisirs, après tout.

— Mais ces rumeurs qui courent… les enfants qui passent avant les ministres dans les voyages officiels… les collaborateurs humiliés quand ils sont en disgrâce… le trou en face de lui dans les banquets officiels ?

— Et pourquoi pas les parties fines, tant qu'on y est ? réagit Amédée, soudain agacé. On n'est plus sous Pompidou et il faut prendre toutes ces rumeurs avec prudence. Ne vous laissez pas embobiner. Et puis, ajouta celui qui connaissait les prénoms de ses cousins jusqu'à la cinquième génération, on a le droit de bien s'entendre avec sa famille.

— Cette histoire de cadeau, c'est absurde, on est d'accord, mais des diamants, quel symbole ! L'amalgame est vite fait avec son goût pour la pompe, les dorures, le protocole, un genre de vie qui ne ressemble pas à celui de son peuple. On annonçait Kennedy et on a eu Louis XV : il y a eu tromperie sur la marchandise, poursuivit la mère, qui vouait un culte aux éditorialistes de gauche ; elle connaissait personnellement certains d'entre eux.

— Ce n'est pas moi qui vais lui en faire le reproche, répondit Amédée avec urbanité, parce qu'aucune querelle politique ne mérite de se brouiller avec de vieux amis. Vous connaissez mon faible pour les monarques…

Plus sérieusement, il est quand même le chef de l'État. Il mérite certains égards. On ne peut pas lui demander de vivre dans un taudis et de se faire tutoyer par tout le monde. L'égalité et la fraternité ont des limites.

— Ce côté monarque républicain, on comprend que cela exaspère à la longue… Le ridicule ne tue pas, mais il ne faut pas s'étonner qu'il soit devenu une cible de choix pour les humoristes. Il paraît que chaque après-midi sur Europe 1, Coluche s'en donne à cœur joie pour ridiculiser le Président, et que c'est hilarant[1].

— Ce Coluche est un clown anarchiste, il ne respecte rien, sa parole n'a pas de valeur. Si ce genre d'homme détermine le pouls d'un pays, mieux vaut que je change de métier. (Et tout en disant cela, Amédée songeait avec tristesse que les forces de la dérision sont parfois aussi puissantes que celles du Progrès, et qu'un roi ne devrait jamais prendre à la légère les pitreries du bouffon.) Que voulez-vous, cela fait presque deux cents ans que les Français aiment couper des têtes, on ne les changera pas…

Tout le monde avait oublié la petite fille et les dix bougies du gâteau qui attendaient d'être allumées. Sa soirée d'anniversaire était saccagée par la faute de cette

1. L'insolence de l'humoriste fut à la longue jugée insupportable par le pouvoir qui exigea son renvoi de la radio. L'année suivante, il annonça sa candidature à l'élection présidentielle. Son programme était simple : le pays méritait un « Président bleu-blanc-merde ». La sympathie que suscita ce numéro de guignol témoignait surtout d'un ras-le-bol envers la politique.

actualité qui ne la concernait en rien. Elle regardait tristement l'effigie de la reine d'Angleterre, qui ne pouvait rien pour elle. Il existait donc des cadeaux empoisonnés ?

Elle comprenait soudain que les grandes personnes n'étaient rien d'autre que des enfants vieillis et qu'ils aimaient qu'on leur raconte des histoires. Ils étaient comme le roi de Perse, que Schéhérazade captiva plus de mille nuits pour avoir la vie sauve : ils voulaient connaître la suite. La politique, ce n'était pas autre chose au fond : un feuilleton qui tient en haleine les spectateurs. Si le conteur interrompait son récit, le public soudain se révoltait. Privé de rebondissements et d'épilogue, il lui en voulait. C'était comme si on avait ôté des mains de Pauline un roman d'Alexandre Dumas au milieu de sa lecture ; elle aurait trépigné, supplié, pleuré peut-être. Comme elle les comprenait, ces Français mécontents ! En son for intérieur, elle conclut que le Président se montrait cruel avec son peuple.

La vie était tout de même plus intéressante que ces enfantillages. Elle retourna à la contemplation de la place. Sous sa fenêtre, le trottoir était envahi par les plantes du fleuriste qui grignotait peu à peu tout le pâté de maisons. On venait de loin pour lui acheter des fleurs rares. Le manuel de Pauline précisait que tout bon agent secret possède des informateurs ; elle avait donc hissé le fils du fleuriste, qui fréquentait la même école, au rang de collaborateur involontaire. Or, une cliente fidèle l'intriguait. Qui était cette belle et mystérieuse femme qui venait chaque vendredi soir que Dieu faisait acheter un bouquet de fleurs ? (Elle notait l'heure de son arrivée dans le calepin que le manuel recommandait à tout agent secret de posséder en permanence sur lui.) Son camarade ne connaissait pas son nom, mais savait qu'elle avait dit un jour à son père *: Je m'offre des fleurs à moi-même, car aucun homme ne le fait plus, il me plaît de garder mon appartement gai car je ne sors plus beaucoup*

# 12

## *L'ancienne conquête*

mardi 20 novembre 1979

sauf aujourd'hui et je suis en retard mais est-ce ma faute si les hebdos sortent tous le lundi, j'ai tant à lire que je ne vois pas l'heure passer, ils s'empilent sur ma courtepointe à m'en donner le vertige, il y a surtout ces sondages, ils pullulent dans la presse de notre époque, d'abord celui d'il y a trois jours qui disait que 54 % des Français estiment que l'affaire des diamants nuit à l'autorité du Président, puis celui dans *L'Express* d'hier qui m'a secouée davantage encore, deux tiers des Français souhaitent maintenant que le Président s'exprime sur l'affaire, mais qu'est-ce que ça veut dire un sondage, et d'abord qui interroge-t-on ? Personne ne m'a demandé mon avis. À force de relire cet article, de le corner d'un ongle nerveux pour retrouver facilement la page, quelle bonne idée d'avoir refréné l'élan de la manucure qui s'apprêtait à me faire des mains de pédiatre, mon thé est devenu tiède, c'est-à-dire imbuvable, et en plus j'ai réussi à en renverser sur mon kimono en satin, Dieu sait si Infancia réussira à réparer les dégâts. Je me demande toujours qui se cache derrière ces pourcentages : blonds ou bruns ? Jeunes ou vieux ? Hommes ou femmes ? Grincheux ou bienheureux ? Une statistique ne fait pas une identité, on commente des chiffres sans vie, mais c'est vrai que tous les journalistes réclament des explications et rien ne vient. Je lis toute la presse, je regarde la télévision et je suis formelle : à ce jour (quel jour déjà ? ah oui, nous sommes le mardi 20 novembre), aucune conférence de presse, aucune interview n'a été annoncée par le Palais,

parce que vous pensez bien que je l'aurais remarqué,

quelle heure est-il, mon Dieu déjà presque la demie de onze heures, et Amédée avec qui je dois déjeuner, mais c'est affreux je vais être en retard, vite que je fasse couler l'eau du bain, vite que j'ôte mon kimono, vite que je jette dans l'eau fumante ce mélange de sels de ma fabrication, rose gardénia jasmin, qui imprègne ma peau et dont j'ai toujours refusé de livrer la recette, impossible de ne pas jeter un œil sur ma silhouette dans la glace en pied, impossible d'éviter le diagnostic sévère : pas de doute, je vieillis. J'ai beau éviter le vin rouge qui donne des cernes, le soleil qui hâte les rides et les cigarettes qui ternissent l'éclat des dents, ma taille a épaissi, mes cheveux blancs se multiplient sur mes tempes, bien que le coiffeur s'efforce de les dissimuler à coups de pâte brune et de pourboires généreux, rester jeune coûte une fortune,

il faut cesser de tergiverser et plonger à présent un orteil circonspect dans la baignoire, ne pas s'ébouillanter surtout, tant d'histoires dramatiques circulent sur des bébés qui ne s'en sont jamais remis, oui la température est idéale alors j'y vais, j'escalade, je m'assois, je m'allonge, comme c'est bon. C'est drôle ces deux genoux qui émergent de la mousse, un Fuji-Yama de la féminité, un Vésuve sans fumée, comme ils m'amusent tous les deux. Tendons-les, ces genoux, pour voir, ça me rappelle ce reportage hier sur le danseur russe qui vient d'arriver à Paris, il disait que son échauffement ménageait toujours les genoux, qui sont la partie la plus fragile du corps. Pas mal, ces jambes. Elles résistent mieux que les cheveux à l'assaut du temps, cuisses musclées, chevilles gracieuses. Je les regarde et pourtant je suis triste : c'est qu'il en était fou, autrefois. Un jour, il m'avait même dit, *Dorothée, c'est de tes jambes que je suis tombé amoureux en premier,*

et voilà que je m'attendris à nouveau alors que je m'étais juré. C'est la faute à ce sondage idiot que j'ai lu tout à l'heure. Il est là, l'épicentre de mon chagrin. Pourquoi est-ce que je ne suis pas sondée, moi ? On m'aurait posé la question que je leur aurais dit : vous n'avez rien compris ! Le silence du Président est un silence bavard. Et surtout ne riez pas de l'oxymore, je vous prie. Je leur aurais expliqué, moi qui le connais si bien, quel désarroi il trahit, quelle panique il signifie,

moi seule aurais pu leur dire que cette affaire, qui ressemble à une battue, a transformé le Président en bête blessée, recluse dans son palais, exaspérée par ces articles qui sont autant de coups de fusil donnés par des chasseurs excités. Moi seule je sais que sous le costume officiel est tapi un enfant jusque-là gâté par l'existence qui ne comprend pas pourquoi, aujourd'hui, on l'aime moins ; qui trouve la vie injuste et son peuple ingrat. Ah si on m'avait posé la question, je leur aurais donné la réponse, qui est si simple : il se tait parce qu'il est malheureux,

les bras, ne jamais oublier les bras, car c'est là que se logent en premier les stigmates de l'âge, je les regarde sans complaisance, le résultat n'est pas fameux, leur peau en effet se distend, ils ont épaissi et dans peu de temps, il me faudra renoncer à porter des vêtements à manches courtes, un tiroir entier à vider,

ça y est, ça recommence, j'ai les larmes aux yeux. D'habitude, quand ça m'arrive, je retourne dans ma chambre, ferme mes rideaux et gagne mon lit. Que cela se produise à la fin du mois de novembre est inquiétant. C'est le beau temps qui en général avive mon chagrin. Au printemps, lorsque je devine que dehors, des jeunes femmes aux jambes nues courent à des rendez-vous le cœur battant, je me mets à pleurer. Autrefois, j'ai fait comme elles. À les imaginer vivre cette vie qui fut la mienne, je m'attendris sur mon sort et passe ma journée à jeter au panier Kleenex trempé sur Kleenex trempé. J'oublie de déjeuner, je n'ai pas faim de toute façon. Seul le champagne, qui convient aux détresses les plus profondes comme le sauternes accompagne le foie gras et le chablis les huîtres, me rend un peu de gaieté, seules les bulles dorées me consolent de savoir qu'aucun coup de fil du Palais ne viendra plus, j'en bois dès le matin, et tant pis pour ceux qui disent que ce n'est pas bien,

quand mes amies ont prononcé le mot de dépression, j'ai répondu : *Peut-être. Je ne sais pas,*

guérit-on mieux d'un mal quand on le nomme, ce n'est pas si sûr,

je ne sors presque plus, car je préfère à toute autre compagnie celle de mes souvenirs. Bon j'exagère un peu car je dois déjeuner tout à l'heure avec Amédée de La Folinaye du côté de l'avenue Matignon. C'est que je l'aime beaucoup, ce haut fonctionnaire démodé et bienveillant, qui doit être aussi sentimental que moi. Et puis, pourquoi m'en cacher, j'ai envie de le voir pour prendre des nouvelles du Président qui est son patron. J'ai beau lire tout ce qui sort, je ne sais pas grand-chose,

n'empêche que plus le Président reste mutique, plus je me doute qu'il ne pense qu'à cette affaire, qu'elle est devenue pour lui un point de fixation hors de toute proportion raisonnable, qu'elle sature l'air de son bureau et le cours de ses pensées,

et donc moins il parle, plus je m'inquiète pour lui, je devine qu'il perd pied et j'ai peur qu'il se noie, voilà qui me fait penser à ce pauvre Robert Boulin, vraiment certains journalistes sont des charognes et à leur place j'aurais du mal à me regarder dans une glace, la calomnie est une arme redoutable et il arrive qu'elle tue ses victimes, je redoute qu'il commette le même geste – quoique, à bien y réfléchir, ce n'est pas son genre,

je me tracasse trop – est-il possible que je l'aime encore ?

Hier soir encore, dans le journal télévisé de Patrick Poivre d'Arvor (pour qui j'ai toujours eu un faible, sa voix en particulier, suave, posée, amicale, me transporte, mais je ne suis pas la seule), entre un reportage sur les otages américains à Téhéran et une controverse sur la fin de l'anonymat des bons du Trésor, j'ai observé avec scepticisme la démarche martiale et le visage impassible du Président en visite à Londres. Je ne suis pas non plus dupe des photos officielles qui le montrent tout sourire en train d'accueillir un homologue étranger ou d'inaugurer une usine. Sur le papier glacé des magazines, je sais déchiffrer la contrariété invisible qui altère ses gestes et bride sa gaieté. J'aperçois le palimpseste des tourments qui le minent et que je sais nommer : le sentiment d'avoir été trahi par la presse, la stupéfaction muette face au soupçon, l'incompréhension face au désamour et aux ricanements inédits, le désarroi orgueilleux de celui qui répugne à évoquer les rumeurs.

Je voudrais les y voir, ceux qui disent que gouverner, c'est accepter de ne plus être aimé ! Qu'il faut savoir consentir à l'impopularité ! Qu'être brocardé, critiqué, moqué fait partie des risques du métier ! Être traité de fripouille sans protester ! Et pourquoi pas tendre l'autre jour en souriant, pendant qu'on y est ?

Il faut que je cesse de faire l'inventaire des ravages du temps. Une fois parfumée, coiffée, maquillée, je sais que je peux donner le change aux inconnus et que je lirai dans leurs yeux cette phrase : *Elle est encore pas mal.* Ce que cet « encore » contient de souvenirs, Amédée fait partie des rares personnes qui le savent. C'est aussi pour cela que j'ai de l'attachement pour lui. Autrefois, lorsqu'il me croisait dans les couloirs du Palais, il observait une discrétion pleine de tact dont je lui savais gré ; il m'épargnait les sourires pleins de sous-entendus que d'autres conseillers me décrochaient, les regards goguenards qui avaient l'air de dire *Tiens, la Pompadour est dans les parages, soyons aimable avec elle.* Et au contraire des journalistes indiscrets, friands de ragots, il était de ceux qui savent que certains instants doivent rester enfouis sous les draps, tapis au creux des oreillers, dissimulés dans la pénombre des chambres.

J'allume une cigarette pour accompagner le dernier filet d'eau chaude que mon orteil droit va extraire du robinet en le tournant délicatement, encore quelques minutes à rêvasser à des bêtises, comme c'est ennuyeux ce sondage dans *L'Express*, il va réussir à me gâcher la journée, et puis ce fuchsia sur mes ongles, c'est idiot, il paraît que c'est complètement démodé, la prochaine fois je demanderai du carmin,

qu'ils sont bêtes ces journalistes quand on y pense, ils ne voient pas l'évidence : s'il se tait c'est qu'il ne pense qu'à ça. Cet entêtement à refuser le débat me fait penser à ces gens affligés d'une verrue sur le nez. Ils ne pensent qu'à elle mais sont persuadés que tout le monde s'en fiche. Or elle fait loucher leurs interlocuteurs. Qu'elle est vilaine ! Cette affaire, c'est la verrue du Président, elle lui gâche la vie mais il est persuadé que son peuple s'en fiche – comme il le connaît mal ! Il surestime ce peuple friand de scandales, de révélations, de ragots, toujours prêt à crier à l'injustice, à jalouser la bonne fortune de son voisin – s'est-il isolé à ce point dans son palais pour ne pas comprendre sa colère et son incompréhension ?

Si je le fréquentais encore, je le supplierais d'en finir avec sa politique de l'autruche et de parler. Je ne sais pas s'il m'entendrait, au besoin je lui citerais la Bible, au commencement était le Verbe, je cite de mémoire parce que mes années chez les sœurs ne datent pas d'hier et que je ne fréquente pas beaucoup les églises,

zut, l'eau commence à tiédir, la mousse qui sentait si bon se dissipe peu à peu, j'ai froid tout à coup,

comme il a changé ! Il y a cinq ans, confronté à ce genre de stupides accusations, il aurait foncé à la télévision pour balayer d'un éclat de rire ces balivernes. Il aurait tout expliqué. Il aurait éteint l'incendie avec naturel. Il aurait utilisé la seule arme qui vaille : la franchise. À l'époque, quelqu'un qui contestait ses mérites l'affligeait plus qu'il ne le courrouçait : il n'avait pas compris, c'est tout, on allait lui expliquer à nouveau. Il me l'a assez répété : *Dorothée, gouverner, c'est être patient et pédagogue.*

Ensemble, nous aurions moqué la façon dont les journalistes étaient capables d'écrire des romans si peu crédibles, leur paresse à ne pas vérifier les informations et leur promptitude à reproduire des faux – bref, nous aurions raillé l'imagination malveillante de la presse. Mais aussitôt conclu que sans elle il n'y a pas de démocratie qui vaille. Et fêté cette certitude en ouvrant une bouteille de champagne,

aujourd'hui, on dirait que la morsure est si vive qu'elle lui coupe la parole,

cette eau tiède, c'est insupportable, il faut que je rétablisse une température convenable, flûte je ne sais plus si l'eau chaude est à gauche ou à droite, tant pis j'essaie, ce n'est plus l'homme que j'ai aimé, qu'est-ce que c'est que ce jet d'eau froide qui éclabousse ma cheville, comme si j'avais besoin de ça au début de l'hiver[1]. J'ai trop d'idées noires ce matin. Le symbole de la jeunesse et de la simplicité, qui défendait des causes généreuses, est devenu un monarque hautain qui ne daigne pas répondre aux questions à son sujet. Il a déserté le territoire singulier qu'il occupait et il a eu tort. Lui qui a tant séduit son peuple ne plaît plus. Au début, surdoué encore étourdi par la rapidité de son parcours, il disait : *Je n'arrive pas à m'habituer*. Sans doute à présent s'est-il trop habitué,

1. Si Dorothée avait été cultivée, elle aurait comparé son goût pour les soliloques dans le bain avec celui de l'héroïne de *Belle du Seigneur* ; mais elle ne lisait que la presse. C'est ce qui avait d'ailleurs plu au Président : il pouvait l'épater en lui parlant de livres inconnus d'elle. Sur Maupassant, il était intarissable.

ayant gommé la fraîcheur, le feu, l'enthousiasme. Sept ans, c'est long dans la vie d'un homme,

et un candidat à une élection, ce n'est pas si différent d'un amoureux : il faut faire rêver les femmes, les persuader que la vie sans eux serait pire qu'avec, qu'on leur fera confiance le temps qu'ils voudront, qu'en laissant un bulletin dans l'urne on s'abandonne à eux. La confiance, c'est un pari sur l'avenir.

Pourquoi est-ce que je me mets à penser tout à coup à ma nouvelle femme de ménage qui reniflait hier en passant l'aspirateur ? Quand je lui ai posé des questions, Infancia m'a raconté comment ses cousins tout juste arrivés du Portugal venaient d'être reconduits à la frontière. Le gouvernement a, paraît-il, durci sa position face à l'immigration clandestine. Il paraît que les Français réclament davantage de sécurité,

et flûte midi et quart, déjà ! Je n'ai pas vu le temps passer. Je dois m'extirper de ma baignoire, consentir à frissonner en passant mon peignoir. Je suis lasse par avance de devoir choisir une tenue, moi qui traîne des journées entières en kimono chez moi. Et puis je déteste contempler ces robes qui me rappellent celui qui les enlevait et ne les enlèvera plus. Mais au moins le peu que je possède est à moi : je n'ai jamais servi de portemanteau aux couturiers qui, on les comprend, préfèrent la publicité dont bénéficient les épouses légitimes. Qui voudrait habiller une ombre ?

J'ai toujours boudé les tailleurs sévères dont les jupes serrent la taille et les vestes donnent aux femmes une carrure masculine. Dans mon armoire, on ne trouve que des robes souples qui soulignent la poitrine et le mouvement des jambes, des chemises fleuries et transparentes, des pantalons évasés aux chevilles qui font la cuisse fine. La plupart du temps, je suis pieds nus dans des sandales à talons compensés. On m'a souvent dit que tout dans ma tenue respirait la liberté ; que j'ai incarné mon époque comme Marianne incarnait la France,

pourquoi est-ce que je ne peux pas m'empêcher de me vautrer dans mes souvenirs,

j'ai tort et je le sais.

Ah ce printemps d'il y a cinq ans ! Il me paraît si loin aujourd'hui. On louait ce Président jeune, moderne, sympathique, qui défaisait un à un les nœuds d'une société congestionnée. La séduction était si contagieuse qu'un ancien ministre, qui pourtant n'avait pas touché à son verre de vin, s'était même exclamé en sortant du déjeuner d'intronisation : *Au moins nous avons un Président gai ! Pas comme les deux autres !*

Si le Président était gai, c'est que tout lui réussissait. Il était heureux. Les électeurs l'avaient choisi. Il écoutait leurs doléances. Tout ce qui était en son pouvoir, il le ferait.

Le Président n'écoutait pas seulement le pays. Il m'écoutait aussi.

Il faisait attention à mes remarques, partageait mes indignations, entendait mes réserves. Mais à qui, à quoi était-il sensible ? À moi ? À l'air du temps ? Nous nous ressemblions tant !

J'étais une jeune femme indifférente aux conventions, aimant la bohème, les pieds nus, la liberté – mes parents me l'ont assez reproché. Ils rêvaient pour moi d'une existence rangée et sans histoire, je les ai beaucoup déçus. Je n'admirais que les artistes, qui seuls savent mettre de l'ordre dans le chaos de la vie. Rien ne m'était plus étranger que la bourgeoisie compassée et peureuse qui, pourtant, avait élu le Président. Autour de moi, on disait : *Cette femme n'est que fantaisie et légèreté*. Je m'étais déjà plusieurs fois, avant lui, attachée à d'autres hommes puis les avais quittés. N'avais pas d'admiration particulière pour les familles, ni de vénération pour le mariage. Trouvais que les femmes méritaient mieux comme existence que le compagnonnage obligatoire avec les couches-culottes et la serpillière. Pensais qu'il n'est pas besoin d'avoir vécu vingt et une années pour être adulte et qu'un pays qui n'écoute pas sa jeunesse est un pays perdu.

Cette brève parenthèse de modernité était ma jumelle. À chaque réforme, j'ai applaudi. Je sais ce que l'on a dit derrière les rideaux doublés des salons bien informés, que j'ai eu de l'influence sur la politique menée. Madame de Maintenon, à présent. Les plus lettrés se souvenaient que la maîtresse du roi n'avait pas été pour rien dans la révocation de l'édit de Nantes. On avait supposé, on avait jasé, on avait interprété. Les hommes d'État sont au fond comme les autres hommes, disaient ceux qui aimaient le romanesque de la vie politique, ils modifient le panthéon de leurs préférences et l'urgence de leurs décisions au gré de leurs battements de cœur.

Je frissonne parce que je suis nue, le radiateur de cette salle de bains n'a jamais vraiment marché, je vais finir par attraper froid, commençons par le commencement, j'assortis en général mes robes à mes colliers, et non l'inverse, j'en possède plusieurs dizaines, qu'est-ce qui m'inspire aujourd'hui dans ces paniers qui débordent de sautoirs colorés et de lourds bracelets de bois ? C'est la seule question qui vaille, à quoi bon se tracasser avec les autres,

ce que l'on dit est vrai : que les femmes peuvent se ranger en deux catégories, celles qui aiment que leurs bijoux fassent du bruit et celles qui détestent cela. Je fais partie de la première catégorie. Je suis de ces femmes qu'on entend arriver avant de les apercevoir, tant résonne le cliquetis de leurs bijoux,

et lorsque la rumeur, après avoir longtemps couru Paris, traversé les rédactions, transpiré dans les salons, haleté dans les cafés, et, à bout de souffle, s'être échouée chez moi, au cours d'un dîner d'amis proches où les invités paraissaient gênés de me faire leurs confidences, lorsque la rumeur donc m'était parvenue que si personne n'avait vu ces diamants, c'est que je les aurais reçus en cadeau, j'avais éclaté de rire. Les bêtises que pouvaient colporter les gens prétendument bien informés ! Ils m'auraient connue qu'ils auraient su à quel point cette histoire ne tenait pas la route. Ce que j'aime, c'est le vert translucide des jades, le blanc fragile des ivoires, le rouge sang des grenats et des tourmalines, le bleu électrique du lapis-lazuli ou même le brun mystérieux des quartz. Je les mélange sans réfléchir, empile les sautoirs qui dansent sur sa poitrine, laisse les bracelets se chevaucher sur mes poignets, m'autorise parfois de longues dormeuses qui tintinnabulent lorsque je secoue la tête,

je suis une femme qui fait du bruit,

tout, sauf des diamants. C'est terriblement bourgeois, un diamant. C'est très ennuyeux,

comme toute cette affaire, d'ailleurs – et comme ce silence.

Quelle idée d'avoir sollicité Amédée, qui a sans doute bien d'autres choses à faire que de s'attabler avec une ancienne connaissance de son patron. À quoi bon l'ennuyer avec des questions que sa loyauté l'obligera à esquiver, des souvenirs que sa bonne éducation a déjà effacés ?

Les Français sont comme moi, au fond : ils ont attendu, puis ils se sont lassés d'attendre. Il est temps de tourner la page. La leur comme la mienne.

Je vais décommander ce rendez-vous avec Amédée. Où est passé mon carnet d'adresses, je ne le trouve pas. Infancia, qui a une conception toute soviétique du rangement, l'a sûrement mis dans une pile de livres, histoire de faire place nette sur la table de chevet. *Infancia ? Infancia ?* Qu'est-ce qu'elle fabrique ? C'est pénible ces gens qui ne sont jamais là quand on a besoin d'eux, mais c'est idiot, je me souviens qu'on est mardi et qu'elle m'a prévenue qu'elle arriverait plus tard, elle avait une course urgente à faire, de quoi s'agissait-il, ah oui, elle allait chez Darty pour y acheter un poste de télévision,

13

## *Le Président*

mardi 27 novembre 1979

qu'elle ne pourrait hélas récupérer que la semaine suivante, car il fallait le faire venir des entrepôts situés en grande banlieue, et Infancia n'avait pas caché que cette attente supplémentaire lui pesait, après ces mois d'épargne patiente.

C'est donc seulement le 27 novembre qu'Infancia put enfin revenir triomphante rue Barbès, portant sous le bras un carton volumineux. Au pied de l'escalier, elle avait croisé Monsieur Perrignier, qui l'avait aimablement déchargée de son colis et avait gravi devant elle les cinquante-deux marches qui montaient à l'appartement. Son voisin avait beaucoup changé ces dernières semaines, il rentrait de son travail le teint rouge et l'haleine alcoolisée, son pas dans l'escalier n'était plus si alerte. Infancia avait observé ces transformations sans faire de commentaire, concluant que chacun dans la vie a ses soucis.

Tandis qu'ils gravissaient les marches, les portes des voisins s'entrouvraient et Infancia ne put s'empêcher de se réjouir en lisant dans leur regard une lueur encore plus ardente que la curiosité : celle de l'envie.

L'appareil fut installé avec d'infinies précautions et même Fernando, qui avait pourtant refusé de mettre un seul centime dans cette acquisition, ne parvenait pas à dissimuler son contentement. Pendant qu'Infancia branchait l'appareil, il proposa une bière à son voisin, c'est pas de refus répondit l'autre, heureux prétexte à en ouvrir une autre pour lui. Émerveillée par l'arrivée de ce qu'elle considérait comme le symbole absolu de la modernité, Infancia regrettait seulement que ses parents ne soient pas là pour assister à la scène, et constater par eux-mêmes que leur fille avait définitivement quitté le pays arriéré où ils l'avaient fait grandir.

Enfin l'image apparut sur l'écran. Infancia avait appuyé sur le bouton qui commandait la deuxième chaîne. Elle manqua défaillir en voyant apparaître à l'écran l'homme qui occupait la plupart du temps ses pensées. Comme Emma Bovary ressassant des semaines durant ses souvenirs magnifiés du bal à la Vaubyessard, Infancia n'avait cessé de se remémorer chaque image de la réception du 9 octobre, d'en chérir chaque bribe, d'en reconstituer chaque instant. Et voilà que le Président était à moins d'un mètre d'elle, souriant et détendu dans un fauteuil recouvert d'un velours frappé aux reflets sang-de-bœuf. Ces retrouvailles inattendues la ravissaient. Comme l'héroïne de ce roman qu'elle n'avait jamais lu et ne lirait jamais, elle avait compté les jours qui l'éloignaient de cet événement inoubliable. Magie des anniversaires : on était justement mardi, cela faisait sept semaines jour pour jour qu'elle portait ses plateaux dans les salons illuminés de l'ambassade du Portugal.

Une musique de générique annonçait le titre de l'émission : « Une heure avec le Président. »

Infancia, hypnotisée, ne quittait pas l'écran des yeux.

— Il est toujours aussi élégant ! fit-elle remarquer à son mari (qui était rentré comme chaque soir avec des vêtements blanchis par le plâtre) en admirant le costume rayé parfaitement coupé qu'il portait. Les boiseries dorées qui constituaient le décor de cet entretien lui rappelaient celles de l'ambassade du Portugal. En face de lui, trois journalistes faisaient leur métier : ils lui posaient des questions. Le premier, un brun aux sourcils épais et aux longues rouflaquettes, avait une voix teintée d'un accent d'Afrique du Nord et un ton de procureur. Il entama l'entretien en disant : *C'est une intervention très attendue*... Le second avait l'air d'un tout jeune homme, à peine sorti de ses études – regard d'ange du premier communiant ; on l'avait assis, seul, au bout d'une longue bergère recouverte d'un velours grenat. Il enchaîna avec grâce, comme si le dialogue avait longuement été répété entre eux : *Vous avez été personnellement mis en cause à propos d'un cadeau que vous auriez reçu quand vous étiez ministre des Finances. Vous avez déclaré que vous vous expliqueriez le moment venu. Est-ce que le moment est venu ?* Le dernier, qui avait les cheveux longs dans la nuque qu'affectionnait l'époque, enfonça le clou, confirmant l'impression d'un feu de questions orchestré avec soin : *D'une façon générale, qu'est-ce que vous faites de vos cadeaux ?*

(À la vérité, ils étaient tellement intimidés qu'ils avaient tiré au sort entre eux avant l'émission le nom de celui qui poserait le premier la question qui fâche. Même dans la salle des Fêtes du Palais, quelques jours auparavant, aucun journaliste n'avait osé se lancer. Toute une époque.)

Fascinés par ce spectacle, Fernando et Monsieur Perrignier s'étaient eux aussi assis pour écouter l'émission.

*Vous avez d'autres questions sur le sujet ?* demanda le Président, affable.

Le journaliste brun, enhardi par cette invite et par le sourire qui l'accompagnait, et ayant peut-être au préalable adressé une prière muette au dieu de la liberté de la presse, si tant est qu'il existât, se décida à poser la question que tout le monde attendait : *On peut vous demander s'il s'agit bien d'une plaquette de diamants ? Et si elle est bien d'une valeur de cent millions de centimes comme on l'a dit ?*

Le sourire du Président s'était figé en une seconde. Il essayait de le retenir, ce sourire qui signifiait qu'on était entre gens de bonne compagnie, qu'on pouvait tout se dire et qu'il n'avait rien à cacher, ce sourire surgi des temps heureux où l'on parlait de décrispation et de modernité, mais non, il n'y arrivait pas, le sourire s'était transformé en un rictus qui trahissait au mieux l'agacement, au pire la colère.

— Quelle ordure ! s'exclama à cet instant Hubert, affalé sur le Chesterfield élimé du petit salon. Il avait beau chérir les mœurs d'autrefois, il savait bien que l'on ne comptait plus en centimes depuis belle lurette, hormis dans quelques provinces reculées et chez quelques personnes hors d'âge. Une fois de plus, la presse caricaturait le Président. Ce comportement était odieux. Cette question lui confirma que les journalistes étaient tous des vendus à la solde de l'opposition socialo-communiste. Cette question était cousue de fil blanc. Il avait besoin de toute urgence d'un remontant. Sans quitter des yeux l'écran, il se dirigea vers le placard où étaient rangés les apéritifs et les digestifs.

Amédée, lui, suivait l'émission depuis le bureau de ses collègues de la communication au Palais avec des réflexes de professionnel du protocole. Les bouquets de fleurs disposés sur la table basse et sur les consoles lui avaient paru élégants quoique sans ostentation, conformes à ses instructions (« Dix-huit centimètres de hauteur, pas un de plus, et ne me faites pas le coup du pétale qui se développe sous la chaleur des projecteurs, moi aussi j'ai grandi à la campagne, sinon ils seront trop voyants et dissimuleront le Président »), et il avait jugé que suffisamment de centimètres (une soixantaine, à vue de nez) séparaient le Président de ses interlocuteurs. On ne mélange pas les torchons et les serviettes. Cet homme placide ne put retenir un mouvement de colère en entendant la question du journaliste : qu'est-ce que c'était que cette façon de parler de centimes, pour gonfler encore davantage les chiffres astronomiques qui circulaient ? Il s'indigna en silence de cette bassesse. À côté de lui, les conseillers s'inquiétaient ; il ne faudrait pas que cette séance d'explication tournât à l'hallali.

*Je vais vous dire pourquoi je n'ai pas répondu tout de suite. Lorsque j'ai été élu, j'ai dit que je ne poursuivrais jamais aucun journal*, dit le Président. *Et pourtant j'ai le droit*[1].

Le Président se mit à expliquer patiemment à ses interlocuteurs qu'une loi lui permettait de faire saisir un journal sans aucune justification, loi de 1881 sur la presse… loi fondamentale… article 26… Et patati et patata.

L'esprit de Monsieur Perrignier, comme celui de nombreux téléspectateurs, s'évadait. La technique juridique l'avait toujours assommé. Il avait d'ailleurs eu une très mauvaise note à son examen de droit administratif, lorsqu'il avait passé le concours de la police. Il vidait son verre de bière, consolation égoïste à l'heure où il fallait entendre de telles hérésies.

*Le général de Gaulle l'a fait cent dix-huit fois, le président Pompidou dix-sept fois, mais il est vrai que son mandat a été plus bref,* poursuivit le Président. À ces noms surgis du bon vieux temps, celui où le pays n'était

1. En 1974, lors d'un printemps euphorique, il s'était engagé à ne jamais saisir les journaux. Les bêtises qu'on peut dire quand la vie vous sourit et qu'on a trois coupes de champagne dans le nez ! On les regrette un jour. Et ce jour-là était arrivé : il s'en voulait de sa naïveté et était visiblement exaspéré d'être ligoté par cette promesse idiote.

pas dirigé par des chiffes molles, Monsieur Perrignier s'attrista davantage encore et lança un regard éloquent à Fernando pour lui signifier qu'une seconde bière serait la bienvenue. *Je suis le premier président de la République à n'avoir jamais poursuivi aucun journal.*

Le fonctionnaire se serait bien passé des scrupules du Président, lui qui venait de passer les six dernières semaines à traîner dans les cafés voisins des rédactions pour y récolter des informations. C'était à cause de ce genre de faiblesse que les pays s'effondraient, il en était convaincu.

— Et il voudrait peut-être que la presse le remercie pour sa mansuétude, persifla Elisabeth qui, par conscience professionnelle, avait refusé la place proposée par Sergueï ce soir à l'Opéra pour suivre l'émission.

Le chuintement présidentiel était soudain devenu bien moins caressant.

*Mais par contre je ne suis pas à la disposition de ceux qui utilisent vis-à-vis de moi l'attaque ou la calomnie...*

Hubert, qui venait d'entamer son deuxième verre de whisky, approuva fortement :

— Très bien ! On ne capitule pas devant la chienlit !

Il se sentait plein d'empathie et de solidarité pour cette victime d'une honteuse campagne de diffamation, sans doute orchestrée en sous-main par de dangereux gauchistes. Il aurait aimé partager ses impressions avec Hedwige, mais elle était, une fois de plus, sortie sans lui. Ces derniers temps, elle rentrait de plus en plus tard, exténuée – disait-elle – par une journée d'emplettes et de visites. Une vague inquiétude, des soupçons légers venaient parfois le tarauder. Il les oubliait dès qu'il s'approchait de la table basse du salon où le porto voisinait avec le cognac.

*À partir du moment où ils savent pouvoir le faire sans que le Président de la République utilise les moyens de condamnation dont il dispose* (et de nouveau son visage dit exactement le contraire : ce n'est pas l'envie qui m'a manqué), *ils ne doivent pas s'attendre à ce qu'en plus je réponde tous les matins aux attaques et aux calomnies.*

— Il a bien raison, approuva Infancia, le Président n'est pas un larbin aux ordres.

« En plus ! » Le Président avait appuyé sur les mots, pour les mettre en exergue. Elisabeth avait souligné l'expression de deux traits et s'était dit qu'elle allait devoir changer de métier. Le Président n'en avait de toute évidence pas terminé avec sa bouderie à l'égard des journalistes. Peut-être devait-elle demander sa mutation au service culturel, car il était bien connu que les comédiens et les chanteurs ne refusent jamais de rencontrer la presse. De bons clients, comme on disait dans le jargon.

*Je donne et je reçois des cadeaux officiels. La vraie question, c'est qu'est-ce que j'en fais ? Je ne demande de cadeaux à personne !*

— C'est pas trop tôt ! ricana Régis, qui dînait ce soir-là chez Francis et avait allumé la télévision avant de passer à table. Cela fait des semaines que toute la

France se la pose, cette question… Regarde avec quelle candeur il prononce cette phrase, comme s'il découvrait le problème aujourd'hui ! Francis jeta un œil distrait sur l'écran, ce genre d'émission politique l'ennuyait au plus haut point et sa préoccupation du jour se prénommait Christophe – un gamin de vingt ans qu'il devait retrouver cette nuit au Palace, à condition que le jeune éphèbe parvienne à faire le mur d'une part, à amadouer Jenny Bel'Air d'autre part, double incertitude qui rendait les heures à venir encore plus excitantes.

*Les cadeaux sont apportés à l'Élysée où ils sont conservés. Ils n'en sortent que pour deux usages : lorsqu'ils sont remis à des œuvres de bienfaisance ou lorsque leur intérêt l'exige, quand ils vont dans des musées. De nombreux cadeaux ont été remis à des œuvres de bienfaisance ou à des musées, et tous les autres ont été conservés à l'Élysée. Au cours des dernières années, de nombreux cadeaux ont été remis à des œuvres de bienfaisance ou à des musées* (c'est la troisième fois qu'il le dit, remarqua Marie qui se souvient que son psychanalyste insistait sur l'importance des répétitions ; c'est la troisième fois qu'il le dit, constata avec satisfaction le conseiller qui lui avait préparé cette réplique dans une note de synthèse rédigée à la hâte dans la matinée) *qui m'en envoient par écrit le témoignage…*

Infancia approuvait avec un grand sourire, le Président était donc un homme généreux en plus d'être un fort bel homme. Elle n'était pas surprise. Le Portugal manquait hélas d'hommes politiques de cette envergure ; elle avait bien fait de s'exiler. Elle dut pourtant interrompre durant quelques secondes cette parenthèse d'émerveillement, le temps d'aller répondre au coup de sonnette d'Alvaro : son beau-frère n'avait pas pu résister à l'envie d'admirer le nouveau poste de télévision.

Sergueï, qui grâce aux leçons intensives de Marie commençait à posséder quelques rudiments de français, écoutait l'émission dans sa loge de l'Opéra, tout en échauffant ses muscles devant une glace en pied : ce soir, le public français allait le voir danser *Le Lac des Cygnes.* Tous les billets avaient été achetés dès le premier jour, tant la curiosité était grande et la sympathie profonde à l'égard de cet artiste qui avait choisi l'Occident. Il se retourna vers Irina, compagne éternellement muette, et lui fit remarquer :

— Ces cadeaux que personne n'a vus, ces lettres que personne n'a lues, c'est étrange. Comme les Français sont naïfs…

L'exil n'avait pas atténué la méfiance qu'il portait envers tous les dirigeants politiques.

Hedwige, qui s'était attardée dans le lit du notaire en ce début de soirée et n'avait aucune envie de rentrer chez elle, se tourna vers son amant pour lui demander si, dans sa profession, il avait vu beaucoup de dons de ce genre. Il se réfugia derrière le secret professionnel. Hedwige ne l'en admira que davantage. Cette liaison entamée trois semaines auparavant lui avait donné une nouvelle jeunesse. Et, pour tout dire, la décrispait.

Virginie, qui venait de quitter le canapé de l'entrée du journal, où son rédacteur en chef lui avait amplement prouvé à quel point l'entreprise en général et lui en particulier avaient besoin d'elle, fit la même remarque, mais c'était dans l'idée de lui prouver qu'outre d'indéniables qualités physiques, elle avait un peu de jugeote – ce qui ouvrait la voie à une éventuelle embauche :

— C'est bien joli de dire qu'il les a donnés, ces cadeaux, mais qu'est-ce qui le prouve ? Personne ne les a jamais vus. C'est un crime sans cadavre, cette affaire.

Assez contente de sa formule, et des minutes qui avaient précédé cette analyse, elle espéra que la direction des ressources humaines lui proposerait un contrat dans les jours qui venaient.

*Il est désobligeant pour moi de répondre à des questions de cette nature*, ajouta le Président en fronçant les sourcils, signe incontestable d'agacement, voire pire.

Dorothée, qui s'était juré de ne pas regarder l'émission pour ne pas rouvrir une cicatrice encore fraîche, mais qui à huit heures moins une minute avait cédé à la curiosité, sursauta au mot « désobligeant ». C'était un mot désuet et élégant, tout en retenue. Elle essayait de se souvenir des figures de style apprises autrefois au Couvent des Oiseaux. Cette façon d'atténuer l'expression d'une idée désagréable, est-ce une litote ou un euphémisme ? Tout d'un coup, elle ne sait plus la différence. Mais elle était sûre d'une chose : que cet adjectif si courtois en apparence trahissait en fait une colère profonde. Les sautoirs multicolores se soulevaient sur sa poitrine.

Ce que Marie, en professeur de lettres qui avait lu beaucoup d'ouvrages de linguistique, traduisit aussitôt :

— Cette phrase, c'est l'exemple parfait de la fameuse « double contrainte » – quand la forme et le message du discours ne coïncident pas, mais au contraire contrastent avec une telle violence que le destinataire ne comprend pas quel niveau il doit considérer comme valable. On appelle ça aussi l'injonction paradoxale…

De fait, en dépit du vocabulaire policé et du ton aimable, le regard du Président se fit encore plus noir. On aurait dit qu'il était sur le point de mordre son interlocuteur. Il était soudain devenu grinçant comme une symphonie de Pierre Boulez. Si elles étaient intelligentes, les roses choisies par Amédée se seraient recroquevillées.

— On ne peut pas avoir raison avec un visage qui a tort, fit remarquer Régis à Francis, qui, les bras repliés sous le poids des cintres, venait de lui demander un conseil sur sa tenue. Il redoutait par-dessus tout de faire vieux, et avait sorti de sa penderie ses achats les plus récents.

Combien ? pouvait-on lire encore et toujours dans le regard du journaliste.

Combien ? se demandaient les téléspectateurs qui, chaque matin, râlaient en achetant leur baguette, dont le prix avait tant augmenté en un an, un franc et soixante sept centimes c'était à ne pas croire.

Combien ? se demandait, depuis sept longues semaines, tout le pays.

*À la question de la valeur, j'oppose un démenti catégorique et, j'ajoute, méprisant.*

Le conseiller en communication avait blêmi. Ce mot-là ne figurait pas dans sa note de synthèse. Il ne put s'empêcher de calculer ce que cet adjectif malheureux allait coûter en points de popularité.

Régis, qui aimait tant les mots, convoqua dans sa mémoire les synonymes du mot mépris : morgue, arrogance, condescendance, déconsidération, dégoût, pilori. Aucun doute : pour l'amour du prochain, le guichet était provisoirement fermé. Sans l'ombre d'une excuse pour la gêne occasionnée.

Marie avait sursauté. Elle qui avait passé des années sur le divan du psychanalyste savait que la parole n'arrive jamais par hasard. S'est-il tellement morigéné pour ne pas prononcer ce mot qu'à la fin il lui a échappé ? Voilà bien les hommes, se dit-elle : tout sourire à l'extérieur, odieux à l'intérieur. Du machisme caractérisé. Elle s'agaçait à voix haute.

— C'est typique des hommes. D'un côté, il sourit, de l'autre, il utilise un vocabulaire agressif. Il y a une forme de schizophrénie dans son comportement.

— Très bien, le démenti méprisant… Reçu dix sur dix ! Le mépris, c'est tout ce que mérite cette racaille, s'exclamait au même instant Monsieur Perrignier, qui avait maintenant pris ses aises dans le canapé de Fernando et Infancia, et se retenait pour ne pas poser ses pieds déchaussés sur la table basse.

Elisabeth, qui avait de bons réflexes de journaliste, nota qu'il ne répondait pas à la question. Elle était pourtant simple : Combien ? Le silence n'a pas dit son dernier mot, songea-t-elle. Tiens, cela ferait un bon titre pour un article. Elle saisit son calepin et griffonna aussitôt la phrase.

Hedwige, qui tardait à se rhabiller en espérant quelques galipettes supplémentaires, demanda à son amant s'il ne trouvait pas le Président terriblement crispé ce soir.

— Ce n'est pourtant pas si difficile de prononcer un chiffre, dit-elle en lui faisant signe de revenir vers elle, sûre de l'impression favorable produite par sa nuisette en satin noir.

— En effet, mon cœur, c'est ce que je fais tous les jours dans mon étude, répondit le notaire.

— Je te l'avais bien dit, on ne saura rien de plus aujourd'hui, déclarait de son côté Régis à Francis qui hésitait entre plusieurs costumes dans la chambre voisine. On lui demande des chiffres et il n'en cite pas un seul.

— Satin, cuir ou lin ? répondit Francis, qui empilait des vêtements sur son lit.

Chiffres avec lesquels Jean-Rodolphe se battait depuis quinze jours, épuisé par cette succession à régler, ce château à brader, ces dettes à solder. Il avait allumé la télévision pour se délasser, et voilà que là aussi il lui fallait subir un échange entre des individus qui se chamaillaient sur la valeur des choses. Ces diamants n'avaient aucune valeur sentimentale, la seule qui compte : cette affaire ne le concernait pas.

— C'est comique, cette façon de s'entêter à ne pas citer de chiffre, pour un homme qui a été ministre des Finances, fit remarquer Alvaro en refusant la bière que lui proposait son frère.

— C'est dramatique, cette façon de ne pas comprendre que s'il continue à rester évasif, les soupçons vont augmenter au lieu de se tarir, admit Amédée.

— C'est tragique, ce côté petit garçon vexé, s'apitoya Dorothée, qui sentait les larmes lui monter aux yeux – et où diable Infancia avait-elle rangé ses Kleenex ? Elle lui cherchait des excuses pour l'emploi de ce mot déplacé, et elle n'en trouvait pas.

Le journaliste aux cheveux noirs rebondit : *Pour en finir avec cette question* (au Palais, les conseillers poussèrent un soupir de soulagement, on allait enfin interroger le Président sur d'autres sujets), *ce silence, ce n'est ni de l'embarras, ni de l'indifférence, ni du mépris ?*

Infancia trouva ce journaliste insolent et, pour tout dire, antipathique. De quel droit se permettait-il d'interpréter le silence du Président ? Elle n'aimait pas qu'on bousculât les hiérarchies. Ses enfants firent les frais de cette mauvaise humeur, rabroués aussitôt qu'apparus pour réclamer la rituelle histoire du soir.

— Embarras, certainement pas, indifférence encore moins, répondit Dorothée à sa place. Je dirais plutôt :

incompréhension. Il n'a pas compris pourquoi on s'en prenait à lui. S'il s'est tu, s'il s'est replié sur lui-même, c'est qu'il était blessé. Atteint dans son orgueil, sans doute. Messieurs, il faut le comprendre, ajouta-t-elle en s'adressant aux journalistes dont les visages apparaissaient à l'écran, oubliant qu'ils ne pouvaient pas l'entendre. Mettez-vous à sa place : c'est dur d'avoir été très aimé et de l'être moins. (Et s'il était quelqu'un qui savait que la séduction peut se tarir, que la lassitude peut gagner et que rien n'est plus fragile qu'une histoire d'amour, c'était bien elle.)

— Réponse typique d'un Verseau ! jubilait Agnès. Le Verseau aime montrer qu'il a raison. Il déteste courber le dos et se confronter à des esprits étroits. Mais, comme tout Verseau, il n'a pas assez le sens de la communication : il doit apprendre à respecter et écouter les autres.

Dans le deux pièces situé à l'étage du café où, les derniers clients partis, les patrons du bar À Jean Nicot se réfugiaient pour prendre quelques heures de repos, ce qui n'était pas chose facile car les journalistes du *Canard* n'avaient pas d'horaires et ouvraient grand les fenêtres de leurs bureaux pour disperser les volutes de leurs cigarettes, si bien qu'on les entendait vociférer jusqu'à des heures impossibles, l'écran était aussi allumé. Agnès n'en finissait pas de commenter l'émission, trouvant que les propos du Président illustraient une fois de plus la grande sagesse de l'astrologie. Sylvain se taisait, exaspéré par le babil de son épouse qui rendait certaines réponses inaudibles.

*C'était quelque chose qui tenait à mon caractère et à l'idée que je me fais de ma fonction.*

Amédée exultait. Enfin. Que les choses soient dites. Un grand-de-ce-monde ne peut pas et ne doit pas être soumis aux mêmes lois que le commun des mortels. C'est bien que le Président rappelle qu'il n'est pas n'importe qui. Après sa crise de doute au matin du 11 Novembre, le chef du Protocole s'était ressaisi. Les centimètres dont il raffolait avaient repris toute leur place dans son existence. Hélas, l'agenda présidentiel était pour le moment encore vierge de ces visites protocolaires qu'il affectionnait tant : pas la moindre visite d'État à l'horizon, avec son dîner à Versailles et ses motards à l'hôtel de Marigny, pas non plus de visite officielle, déplacement moins fastueux mais où les centimètres avaient cependant leur mot à dire, ni même de visite privée, cette forme de convivialité sans chichis qui scellait l'amitié entre chefs d'État. La situation internationale tendue avait ralenti le rythme des agapes entre grands-de-ce-monde. Amédée redoutait le chômage technique.

Rue Saint-Honoré, Agnès se retourna vers son mari et triompha sans modestie :

— Encore une réaction typique d'un natif du Verseau ! Un ultrasensible ! Qui déteste avoir tort ! Mais il doit faire attention : son comportement peut avoir un côté irritant pour ceux qui le côtoient…

*Il faut laisser les choses basses mourir de leur propre poison.* Le Président a croisé ses deux mains sur son genou droit. Il a l'air content de sa dernière phrase. Dans son regard on peut lire quelque chose comme : Passons à autre chose messieurs voulez-vous ?

— Est-ce que c'est un proverbe très connu en France ? demanda Sergueï au masseur qui se tenait à ses côtés, le temps de son échauffement, pour prévenir tout claquage avant la représentation. Mon professeur m'en a appris quelques-uns, « Pierre qui roule n'amasse pas mousse » et « Après la pluie le beau temps ». Mais elle ne m'a jamais cité celui-là.

— Toi qui es si cultivé, tu sais d'où elle sort, cette phrase ? interrogea Francis qui était de retour au salon, vêtu d'un pantalon blanc et d'une chemise en satin bleu électrique. C'est dans une fable de La Fontaine, peut-être ? Une de celles que l'on n'a pas apprises à l'école ?

— Jamais entendu ce dicton, persifla Régis, qui n'aimait rien tant que persifler (en sorte qu'Agnès, si elle l'avait rencontré, aurait tout de suite reconnu en lui un natif du Scorpion. Mais que voulez-vous, tout le monde ne peut pas se connaître et l'auteur était par avance lasse de ces ponts supplémentaires). À mon avis, il vient de l'inventer. Il aurait pu trouver des proverbes plus appropriés à la situation…

— Comme quoi, par exemple ?

— Comme « Faute avouée est à demi pardonnée » ou « Les bons comptes font les bons amis »…

— Tu es incorrigible ! dit Francis en éclatant de rire, mis de bonne humeur par la vision que venait de lui renvoyer le miroir : les trois kilos perdus le mois dernier l'avaient rajeuni de dix ans.

— Il s'est tiré une balle dans le pied, se dit Monsieur Perrignier, qui avait toujours à l'esprit des métaphores militaires. Sans sa réaction maladroite, cette affaire aurait été aussi vite oubliée qu'apparue. Je parie qu'on m'appelle dès demain.

Sylvain, qui essayait de suivre l'interview du Président en dépit des commentaires bruyants de sa femme, était lui aussi déçu. Les réponses qu'il attendait n'étaient pas venues. Cela l'ennuyait, car les crises de régime ne sont pas bonnes pour le petit commerce. Et il redoutait de subir le retour au café de ces journalistes étrangers qui, tout compte fait, parlaient fort mais consommaient peu.

— C'est ce qui s'appelle parler pour ne rien dire, fit-il remarquer à Agnès. Si c'était pour proférer ce genre de banalités, il aurait mieux fait de garder le silence.

Alvaro s'était assis à côté de son frère, qui lui avait aussitôt mis une bière dans les mains, et assistait à la fin de l'émission d'un œil goguenard. Tout le monde se tourna vers lui à la fin de l'interview. C'était lui le philosophe de la famille, après tout. Il réfléchit puis dit calmement :

— Il a répondu à côté. Il avait l'air gêné et agacé. Comme si la caméra était un ennemi. Lui qui était si à l'aise autrefois… Comme il a changé depuis le début de cette affaire !

Elisabeth aussi avait remarqué la fureur contenue, les réponses évasives, cette façon de se réfugier derrière l'honneur bafoué. Elle continuait à prendre des notes, au cas où on lui demanderait un papier dans le prochain numéro du journal.

Dorothée scrutait l'écran, ajustant ses lunettes de presbyte, devinant le tourment intérieur derrière les traits tirés. Comme il est fragile, s'attendrissait-elle en oubliant les courageuses résolutions de la semaine précédente, émue malgré elle par cette défense si malhabile.

Ces propos flous, maladroits et alambiqués avaient mis en revanche de bonne humeur le rédacteur en chef, qui trouvait de ce fait que Virginie était une stagiaire des plus prometteuses. Le Président n'avait rien expliqué ; le doute n'était pas dissipé ; la polémique n'était donc pas éteinte. Déjà, il se demandait si une une sur l'affaire ne s'imposait pas la semaine prochaine. Il hésitait, pour le titre, entre « Malaise au sommet du pouvoir » (version pessimiste) ou « Un complot monté de toutes pièces : la vérité, enfin » (version optimiste). Il faudrait sonder l'actionnaire pour voir de quel côté de la balance allait pencher le journal.

Le Président avait parlé très exactement quatre minutes et cinquante-neuf secondes.

— Moins de cinq minutes, avait raillé Régis. Ce n'est pas beaucoup pour répondre à des questions qui traînent depuis sept semaines ;

— Moins de cinq minutes, avait compté Elisabeth, qui se demandait où on pourrait extraire le biscuit dans cette prestation inconsistante mais se disait que finalement les hommes politiques étaient des êtres bien plus intéressants que les chanteurs (alors autant continuer à s'occuper d'eux) ;

— Moins de cinq minutes, avait constaté Sergueï, qui trouvait que cette risible histoire de cadeau n'en méritait pas trois ;

— Moins de cinq minutes, s'étaient réjouis les conseillers du Palais, satisfaits de voir que les consignes du spécialiste de la communication avaient été suivies : effleurer le sujet plutôt que l'évoquer (tout est question de dosage, avait-il insisté), en tout cas ne surtout pas s'attarder.

Infancia n'avait pas éteint la télévision. Le Président répondait à présent à d'autres questions, sujets sérieux, perspectives économiques, enjeux internationaux, rayonnement de la France – bref, un fond sonore pour le dîner auquel Monsieur Perrignier avait accepté de se joindre[1]. De toute façon, il ne lui serait pas venu à l'idée de supprimer l'image. Ce soir, elle laisserait le poste ouvert jusqu'à l'arrivée de la mire. Elle était si heureuse de son achat qu'elle aurait trouvé de l'intérêt à un documentaire animalier.

C'est alors qu'Alvaro prit la parole et, montrant du doigt le poste de télévision, prononça ces mots :

— Ce genre de machine nous rend tous idiots. Les hommes politiques, parce qu'ils s'y précipitent en

1. C'est peut-être à cet instant qu'un collaborateur du Palais, soulagé lui aussi de voir les journalistes délaisser l'anecdote pour revenir à l'essentiel, eut l'idée d'un slogan pour une future campagne électorale : « Il faut un Président à la France. » Ce qui signifiait : amateurs, s'abstenir.

pensant changer l'opinion des gens. Et nous, parce qu'à force d'écouter ce qu'ils disent, nous ne regardons plus ce qu'ils font.

— Alvaro, tu nous ennuies avec ton pessimisme.

Il continuait pourtant, voulant partager les idées qui lui étaient venues à l'esprit pendant l'émission.

— Ce qui vous élève un jour vous accable le jour suivant. La vie, c'est un miroir. La télévision peut faire gagner une élection, elle peut aussi la faire perdre. Le Président a été élu grâce à elle, qui sait s'il ne sera pas battu à cause d'elle ? Si j'étais un homme politique, je me méfierais d'elle. Ceux qui y parlent n'ont aucune idée de l'impression qu'ils produisent sur les gens qui les regardent. Le contact humain d'autrefois, c'était plus sûr.

Monsieur Perrignier, qui trouvait que les idées volaient bien haut ce soir, jugea qu'il les comprendrait mieux avec une autre bière.

Et tandis que la nuit s'épaississait, nuit de novembre voisine de l'équinoxe, pendant qu'Hedwige se rhabillait, qu'Hubert ronflait sans avoir attendu son épouse, que Francis draguait, que Régis réfléchissait à son grand roman en débouchant une autre bouteille de vin (flop, fit le bouchon en sortant), que Sergueï s'élançait sur la scène de l'Opéra, ses chaussons frappant le plancher en pente dans un claquement sec quoique parfaitement cadencé avec la musique, qu'Infancia, riant aux éclats, ne cessait de s'émerveiller de l'arrivée de son poste de télévision, qu'Amédée espérait qu'un grand-de-ce-monde foulerait bientôt le sol de France et, dans cette perspective, astiquait son bon vieux centimètre en laiton, qu'Albert Perrignier avait dit pour la huitième fois de la soirée « Tout fout le camp » et, la voix vibrante de tendresse, exigeait qu'on l'appelât désormais par son prénom (le vrai, Albert), qu'Elisabeth concluait de cette émission que même si l'affaire n'en était pas une, le mal était fait et qu'il serait difficile de remonter cette mauvaise pente (scritch, faisait le Bic sur son carnet), que Marie retournait corriger ses copies en poussant des soupirs d'ennui, que Pauline attendait l'heure du dîner en causant avec ses poupées, que Dorothée reniflait en s'apitoyant une fois encore sur son amour défunt, et que Jean-Rodolphe écoutait pour la dernière fois sans doute une chouette bienheureuse qui ululait dans le parc du Trichet,

la vie continuait – pleine de bruit.

TABLE

Cet ouvrage a été imprimé par
CPI Firmin-Didot au Mesnil-sur-l'Estrée
pour le compte des éditions Grasset
en juin 2022.

*Mise en pages*
*PCA 44400 Rezé*

PAPIER À BASE DE
FIBRES CERTIFIÉES

*Grasset* s'engage pour
l'environnement en réduisant
l'empreinte carbone de ses livres.
Celle de cet exemplaire est de :
0,750 kg éq. $CO_2$
Rendez-vous sur
www.grasset-durable.fr

N° d'édition : 22506 – N° d'impression : 170455
Dépôt légal : août 2022
*Imprimé en France*